Joseph von Eichendorff

Aus dem Leben eines Taugenichts

낭만 건달
- 어느 쓸모없는 자의 삶에서

요제프 폰 아이헨도르프

오청자 옮김

낭만 건달
- 어느 쓸모없는 자의 삶에서

1판 1쇄 발행 2025년 5월 23일

지은이 | 요제프 폰 아이헨도르프
옮긴이 | 오청자
발행인 | 신현부
발행처 | 부북스
주　소 | 04613 서울시 중구 다산로29길 52-15, 301호
전　화 | 02-2235-6041
이메일 | boobooks@naver.com

ISBN | 979-11-91758-29-0

차례

제1장	……	7
제2장	……	23
제3장	……	43
제4장	……	64
제5장	……	74
제6장	……	83
제7장	……	99
제8장	……	112
제9장	……	132
제10장	……	150
옮긴이의 말	……	167

제1장

아버지의 물레방아 바퀴는 또다시 윙윙, 쏴쏴 소리를 내며 아주 신나게 돌아가고 있었다. 눈 녹은 물이 지붕에서 끊임없이 방울방울 떨어지고 있었고, 참새들은 재잘거리며 그 사이로 이리저리 날아다녔다. 나는 문지방에 앉아 눈을 비비며 잠을 쫓아냈다. 따스한 햇볕을 받으며 그렇게 앉아있노라니 아주 기분이 좋았다. 그때 아버지가 집 안에서 나오셨다. 아버지는 벌써 새벽부터 물레방앗간에서 일하느라 소란을 피우고 계셨다. 수면모자를 비스듬히 머리에 쓴 채 아버지가 내게 말씀하셨다. "이 건달 녀석! 또 햇볕을 쬐며, 기지개를 켜고 아직도 졸려서 사지를 늘어뜨리고 있으면서 나 혼자 모든 일을 하게 하는구나. 너를 더는 내 집에서 먹여줄 수 없다. 봄이 머지않았으니, 너도 한번 세상에 나가 스스로 밥벌이를 해봐라." —

그래서 나는 이렇게 말했다. "저보고 건달이라고 하신다면. 좋아요. 그럼 세상에 나가 행운을 잡아보겠어요." 사실 나는 그렇게 하는 것이 정말 좋았다. 얼마 전부터 나 스스로 여행해볼까 하는 생각이 들었기 때문이다. 그런데다, 가을과 겨울에 우리 집 창가에 앉아 항상 "농부님, 나 일 좀 시켜주세요. 일하게 해주세요!"라고 슬프게 노래하던 금방울새가 이제는 아름다운 봄에 아주 당당하고 즐겁게 다시 "농부님이나 계속 일하세요!"라고 나무에서 외치는 소리를 들었던 것이다. —

나는 집 안으로 들어가 벽에 걸어놓은 바이올린을 집어 들었다. 그것은 내가 제법 잘 다룰 줄 아는 악기였다. 아버지는 내게 노잣돈 몇 푼을 쥐여주셨다. 그리고 나는 어슬렁거리며 긴 마을 길을 지나 밖으로 걸어 나왔다. 내가 이렇게 자유로운 세계로 나가며, 나의 모든 지인과 친구들이 한눈팔지 않고 어제도 그제도 항상 일하러 가고 땅을 파고 쟁기질하는 것을 보면서 정말 은근히 기뻤다. 나는 아주 의기양양하고 흡족해하며 그 가엾은 사람들에게 사방으로 큰 소리를 내며 작별을 고했지만, 아무도 거기에 별 관심이 없었다. 나는 무한한 주일을 맞이한 것 같은 기분이 들었다. 드디어 탁 트인 들판으로 나오자 나는 내가 아끼는 바이올린을 꺼내 들고 신작로를 계속 걸어가며 연주하고 노래를 불렀다.

하느님은 진정 은총을 내려주려는 사람을
넓은 세상으로 내보내,
당신의 기적을 보여주려 하시네

산과 숲, 강과 들에서.

집에서 빈둥대는 게으름뱅이들은,
아침 해의 상쾌한 기분을 즐기지 못하고,
아는 것이라곤 아기를 요람에 누여 흔들고,
온갖 근심을 하고, 양식 걱정이나 하는 것뿐이라네.

시냇물이 산속에서 흘러나오고,
종달새들이 즐거워 하늘 높이 나는데,
나라고 그들과 노래하지 못할 게 뭔가?
목청껏 상쾌한 마음으로.

사랑하는 하느님께 맡길 뿐이네,
시냇물, 종달새, 숲과 들,
하늘과 땅을 주관하는 분이시니,
내 인생도 최고로 돌보아 주셨네!

이렇게 노래하며 주위를 둘러보고 있는데, 아주 멋진 여행용 마차 한 대가 내 옆으로 바짝 다가왔다. 그 마차는 이미 얼마 전부터 내 뒤를 따라온 것 같았다. 내가 마음껏 큰 소리로 노래를 불렀기 때문에 마차가 뒤쫓아 온 것을 눈치채지 못했던 것이다. 마차가 아주 천천히 달려서 두 명의 우아한 숙녀가 마차에서 머리를 내밀고 내 노래에 귀를 기울이고 있었다. 한 숙녀는 특히나 아름다웠고 다른 숙녀보다 젊었으나, 사실 둘 다 내 맘에 들었다. 내가 노래를 멈추자 더 나이 든 숙녀가 마차를 멈추게 하더니 내게 상냥하게 말을 걸어왔다.

"이봐요, 재밌는 젊은이, 정말 노래를 잘하시네요."

나는 전혀 망설이지 않고 응수했다.

"귀부인들을 위해서라면 훨씬 더 아름다운 노래를 부를 수도 있습니다."

그러자 그녀는 내게 다시 물었다.

"이렇게 이른 아침에 어디로 가는 건가요?"

그때 나는 나 자신이 어디로 가고 있는지 몰라서 부끄러웠다. 그래서 겁도 없이 "빈으로" 간다고 말했다. 그러자 두 여자는 내가 알아들을 수 없는 외국어로 자기들끼리 얘기를 나누었다. 젊은 여자가 몇 번 머리를 가로저었으나, 나이 든 여자는 계속 웃더니 마침내 나를 향해 소리쳤다.

"어서 뒤에 올라타요. 우리도 빈으로 간답니다."

나보다 더 기쁜 사람이 또 있었을까! 나는 공손하게 인사하고 마차 뒤로 껑충 뛰어 올라탔고, 마부는 채찍질했다. 우리는 햇빛을 받아 눈부신 거리를 날아가듯 빨리 달려 나가서 내 모자가 바람결에 씽씽 소리를 냈다.

이제 마을과 정원과 교회의 탑들이 내 뒤로 사라지고, 새로운 마을과 성과 산들이 내 앞에 나타났다. 내 아래쪽으로는 논

밭과 숲과 초원들이 다채롭게 지나가면서, 내 머리 위 맑고 푸른 하늘에서는 수많은 종달새가 날고 있었다. ― 나는 크게 소리치는 게 부끄러웠지만, 마음속으로는 환호성을 질렀고 발을 굴렀으며 마차의 디딤판 위에서 춤추다가 하마터면 팔 아래 끼고 있던 바이올린을 잃어버릴 뻔했다. 해가 점점 더 높이 떠오르고, 수평선을 빙 둘러 한낮의 흰 구름이 육중하게 피어오르고, 하늘과 넓은 들판의 삼라만상은 몹시 공허하고, 날씨는 무덥고, 조용히 일렁이는 밀밭에 적막이 찾아들었다. 나는 그때서야 내가 살던 마을과 아버지와 우리 물레방앗간이 생각났다. 그늘진 호숫가에 있는 그곳이 얼마나 시원하고 편안했던지. 그런데 이제 모든 것이 내 뒤로 아주 멀리 떨어져 있다는 생각이 들었다. 그때 나는 다시 집에 돌아가야 하지 않을까 하는 매우 이상한 기분이 들었다. 나는 윗저고리와 조끼 사이에 바이올린을 끼워 넣고 온갖 생각이 가득 차 마차의 발판에 앉아 잠이 들었다.

내가 눈을 떴을 때 마차는 키가 큰 보리수나무들 아래에 멈춰있었다. 보리수나무 뒤로 양쪽 돌기둥 사이에 있는 넓은 계단이 호화로운 성안으로 통했다. 나무들 사이 옆쪽으로 빈의 탑들이 보였다. 보아하니 숙녀들은 이미 내린 것 같았고, 말들은 마차에서 풀려 있었다. 나는 별안간 그렇게 혼자 앉아있었기에 무척 놀라서 재빨리 성안으로 뛰어 들어갔다. 그때 나는 위쪽 창문에서 웃는 소리를 들었다.

이 성안에서 나는 묘한 기분이 들었다. 내가 넓고 서늘한 현관에서 두리번거리고 있을 때, 누군가 지팡이로 내 어깨를 툭 쳤다. 얼른 뒤돌아보니, 정장을 입은 키가 큰 남자가 서 있었다. 그는 넓은 황금 비단 어깨띠를 엉덩이까지 내려뜨리고, 윗부분에 은도금한 지휘봉을 손에 들고 있었다. 얼굴에는 선제후처럼 유난히 긴 매부리코가 있고, 어깨는 깃털이 부풀어 오른 칠면조처럼 떡 벌어진 그 장대한 남자가 무슨 일로 이곳에 왔느냐고 나에게 물었다. 나는 완전히 얼이 빠졌고, 겁나고 놀라워서 아무 말도 할 수 없었다. 이어서 여러 명의 하인이 계단을 바삐 오르내렸는데, 그들은 아무 말도 하지 않고 위에서 아래로 나를 쳐다보기만 했다. 그다음엔 (나중에 들은 바로는) 하녀 한 명이 곧장 나를 향해 다가오더니 이렇게 말했다. 내가 매력 있는 청년이라서 정원사의 조수로 여기서 일할 생각이 없느냐고 마님께서 물어보라고 했다는 것이었다. ─ 그때 나는 조끼 주머니를 만져봤다. 맙소사, 몇 푼 안 되는 내 돈이 없어졌다. 마차에서 이리저리 춤출 때 주머니에서 튕겨 나간 게 틀림없었다. 나는 바이올린을 연주하는 것 말고는 아무것도 가진 게 없었다. 게다가 지휘봉을 쥔 그 남자도, 지나가면서 내게 한 말로 보아서는, 바이올린 연주에 대한 대가로 한 푼도 줄 생각이 없어 보였다. 그래서 나는 마음이 불안하여, 무서워 보이는 그 남자를 계속 힐끔 쳐다보면서, 하녀에게 그렇게 하겠다고 말했다. 그는 탑시계의 추처럼 계속 홀 안을 왔다 갔다 움직이다가 또다시 위엄 있고 위협적 자세로 뒤쪽에서 불쑥 나타나곤 했다. 마침내 정원사가 나타났다. 그는 뭐가 못마땅한지 하인들과 무례한 농부들을 욕하면서 나를 정원으로 데려갔다. 가는 도중에 그는 내게 긴 설교를 늘어놓기도 했다. 그저 말짱한 정신으로 열심히 일해야 한다는 것, 세상을 이리저리 방랑하지 말 것이며, 돈벌이 안 되는 재주를 부리거나 불필요한 짓을 해서는 안 된다는 것, 그렇게 하며 시간을 보내면 언젠가 좋은 결과를 맺게 될 거라는 내용이었다. — 매우 근사하고, 훌륭하고, 유익한 교훈들이 이보다 더 많이 있었는데, 나는 그 이후엔 거의 다 잊어버리고 말았다. 사실 나는 이 모든 일이 어떻게 그리되었는지 도무지 알 길이 없어서, 모든 일에 대해 언제나 그저 '예'라고 대답했을 뿐이었다. 나는 날개가 흠뻑 젖은 새 같은 기분이 들었기 때문이다. — 이렇게 해서 나는 다행히도 밥벌이하게 되었다. —

나는 그 저택의 정원에서 잘 살았다. 나는 날마다 따뜻한 음식을 실컷 먹었고, 술 마시는 데 필요한 돈보다 더 많은 돈을 벌었다. 다만 좀 유감스러운 것은 할 일이 매우 많았다는 것이었다. 정원 안에 있는 신전 모양의 건물, 정자, 아름다운 녹색 산책로, 이 모든 것도 무척 맘에 들었다. 매일 그곳에 오는 신사 숙녀들처럼 거기서 맘 놓고 산책할 수 있고 의미 있는 토론을 할 수만 있었다면 더없이 좋았을 텐데 말이다. 정원사가 외출하고 나 혼자 있을 때마다 나는 이내 짧은 파이프를 꺼내 들고 앉아서, 내가 기사가 되어 나를 이 성으로 데려온 젊고 아름다운 귀부인과 이곳에서 산책하게 된다면 그녀를 즐겁게 해줄 멋지고 공손한 어투를 궁리하곤 했다. 또는, 무더운 오후, 벌들이 윙윙거리는 소리만 들릴 정도로 모든 것이 고요한 순간에, 나는 등을 대고 드러누워 머리 위의 구름이 고향 마을 쪽으로 흘러가고 풀과 꽃들이 이리저리 하늘거리는 것을 보았다. 그리고 나는 그 숙녀를 생각하곤 했다. 그러노라면 실제로 그 아름다운 여인이 종종 기타나 책을 들고 저 멀리에서 정원 사이를 지나가곤 했는데, 마치 천사 같은 그녀의 모습은 너무나 조용하고, 고상하고 다정해 보여서 나는 꿈인지 생시인지 정말 알 수 없을 지경이었다.

그래서 나는 언젠가 일하러 정자 옆을 막 지나가면서 혼자서 노래를 부르기도 했다.

어디를 가나 어디를 보나,
들과 숲과 계곡에서,
산에서부터 저 멀리 푸른 하늘로,
아름답고 고귀한 여인이여
그대에게 천 번 만 번 인사를 보냅니다.

그때 나는 어둡고 서늘한 정자의 반쯤 열린 블라인드와 거기 있는 꽃들 사이로 젊은 여인의 아름답고, 초롱초롱한 두 눈동자가 반짝이며 어른거리는 것을 보았다. 나는 깜짝 놀라서 노래를 끝까지 부르지도, 뒤돌아보지도 않고 일터로 갔다.

어느 날 저녁, 바로 토요일 저녁이었다. 나는 내일이 일요일이라는 걸 벌써 즐거워하며 바이올린을 들고 정원사 사무실 창가에 서서 아직도 그 반짝이는 두 눈을 생각하고 있었다. 그때 갑자기 어둠을 뚫고 그 시녀가 살그머니 나타났다. "아름답고 자비로운 부인께서 이걸 보내셨어요, 그분의 건강을 기원하며 드시래요. 저녁 인사도 하셨어요!" 이런 말을 남기며 그녀는 포도주 한 병을 재빨리 창틀 위에 놓아두고 꽃과 울타리 사이로 다시 도마뱀처럼 곧바로 사라졌다.

그러나 나는 그 경이로운 포도주병 앞에 한참을 서 있었고, 어떻게 나에게 이런 일이 일어난 건지 알 수 없었다. — 나는 전에도 즐겁게 바이올린을 켰지만, 이제야 제대로 노래를 불렀다. 아름다운 여인에 대한 노래를 끝까지 불렀고, 내가 알고 있던 모든 노래를 다 불렀다. 창밖의 모든 꾀꼬리가 깨어나고 달과 별들이 이미 오래전에 정원에 떠올라 있을 때까지. 그렇다, 그건 정말로 멋지고 아름다운 밤이었다!

다음 날에도 나는 파이프를 들고 정원에 앉아 '사람은 장차 무엇이 될지 아무도 모르는 법이다.', '눈먼 닭도 가끔은 곡식을 발견한다.', '최후의 승자가 진정한 승자다.', '종종 예기치 않은 행운이 온다.', '인간은 생각하고 신은 조종한다.' 등등 여러 격언을 곰곰이 생각하면서 찬찬히 내 꼴을 살펴보니 사실 내가 진짜 건달일지 모른다는 생각이 들려고 했다. ─ 나는 그때부터 평소 습관과는 완전히 반대로, 정원사와 다른 일꾼들이 거동하기 전에 매일 일찍감치 일어났다. 숙소 바깥의 정원은 정말로 아름다웠다. 꽃들과 분수들, 장미의 숲과 정원 전체가 아침햇살을 받아 온통 금과 보석처럼 반짝이고 있었다. 그리고 키 큰 너도밤나무 가로수 길에는 마치 교회 안처럼 아직은 매우 조용하고 서늘하고 경건함이 깃들어 있었고, 오직 새들만 날아다니다 모래 위에서 모이를 쪼아 먹고 있었다. 아름다운 여인이 사는 성 바로 앞의 창문 아래에는 꽃이 핀 관목 한 그루가 서 있었다. 나는 언제나 매우 이른 아침에 그곳으로 가서 창문 쪽을 보려고 나뭇가지 뒤에 몸을 숨겼다. 탁 트인 훤한 곳에서 그녀 앞에 나설 용기가 없었기 때문이다. 그럴 때마다 나는 번번이 지극히 아름다운 그 숙녀가 눈같이 하얀 옷을 입고 발그레한 얼굴을 하고 잠이 덜 깬 모습으로 열린 창가에 나타나는 것을 보았다. 그녀는 때로는 암갈색 머리카락을 땋으면서 우아하게 빛나는 눈으로 관목과 정원을 휘둘러보았고, 때로는 창문 앞에 있는 꽃들을 구부려 묶어주기도 했다. 또는 하얀 팔에 기타를 들고 연주하며 정원 쪽으로 울려 퍼지도록 아주 멋지게 노래부르기도 했다. 가끔 그 노래들 중 하나가 내게 떠오를 때면, 내 가슴은 슬픔으로 미어질 것 같았다. 아, 그 모든 것은 이미 오래전 일이 되었다!

그러한 일은 족히 일주일 이상 지속되었다. 그런데 한 번은, 그녀가 마침 다시 창가에 서 있었고 주위의 모든 게 조용했을 때였는데, 재수 없게도 파리 한 마리가 내 콧속으로 날아들어와서 나는 심한 재채기를 하게 되었다. 이 재채기는 전혀 멈출 기미가 없었다. 그녀는 창밖으로 몸을 쑥 내밀었고 관목숲 뒤에서 엿보고 있는 몹시도 불쌍한 이놈을 본 것이었다. 그러자 나는 부끄러워서 한동안 그곳에 가지 않았다.

이윽고 나는 다시 그 일을 감행했으나, 이번엔 창문이 닫혀 있었다. 나는 나흘, 닷새, 엿새째를 아침마다 관목숲 뒤에 앉아있었지만, 그녀는 다시 창가에 나타나지 않았다. 그 기간이 길게 느껴져 용기를 내서 이젠 매일 아침 공공연히 성의 모든 창문을 따라 거닐었다. 그러나 그 사랑스럽고 아름다운 여인은 영영 나타나지 않았다. 그런데 나는 조금 떨어진 곳에서 다른 숙녀가 항상 창가에 서 있는 것을 보았다. 나는 평소엔 아직 한 번도 그렇게 자세히 그녀를 본 적이 없었다. 실제로 보니 그녀는 매우 혈색이 좋았고 몸은 뚱뚱했으며 한 송이 튤립처럼 화려하고 거만해 보이기까지 했다. 나는 항상 그녀에게 머리 숙여 인사했다. 나는 이렇게밖에는 달리 표현할 수가 없다. 그럴 때마다 그녀는 나에게 고맙다는 표시로 고개를 끄덕였을 뿐 아니라 아주 특별히 공손하게 눈짓을 하기도 했다고. ― 나는 그 아름다운 여인도 창가의 커튼 뒤에 서서 몸을 숨기고 밖을 내다보는 것을 딱 한 번 본 것 같기도 했다. ―

그녀를 보지 못한 채 많은 날이 흘러갔다. 그녀는 더는 정원에 나오지 않았고, 더는 창가에 나타나지도 않았다. 정원사는 나를 게으른 놈이라 야단쳤다. 나는 짜증이 났다. 신이 만든 자유로운 세상을 내다보고 있노라면 나 자신의 콧잔등조차 거치적거릴 정도였다.

어느 일요일 오후 나는 정원에 누워서 파이프 담배가 뿜어내는 파란 연기를 바라보고 있었다. 그러고 있자니 나는 다른 기술을 배우지 못하여 내일, 월요병조차도 누릴 수 없다는 것에 화가 났다. 그런데 다른 젊은이들은 모두 옷을 잘 차려입고 인근 교외의 무도회장으로 나가고 없었다. 따듯한 날씨에 모두 일요일의 외출복 차림으로 물결치듯 떼를 지어 밝은색의 집들과 방랑하는 손풍금 악사들 사이를 꿈꾸듯 오가고 있었다. 그런데 나는 한 마리 외기러기처럼 정원의 쓸쓸한 연못의 갈대숲에 앉아서 그곳에 매여 있는 조각배에 몸을 싣고 흔들거리고 있었다. 그러는 사이 시내에서 정원 너머로 만종 소리가 울려 왔고 물 위의 백조들은 내 곁에서 천천히 이리저리 헤엄치며 다니고 있었다. 나는 마음이 심란해서 죽을 지경이었다.

그때 멀리서 여러 사람의 목소리가 들려왔다. 유쾌하게 왁자지껄 얘기하고 웃는 소리였는데, 그 소리는 점점 더 가까이 들려왔다. 빨간색, 하얀색 수건들과 모자들과 깃털들이 수풀 사이로 어른거리더니, 갑자기, 밝고 화사하게 차려입은 한 무리의 젊은 신사 숙녀들이 성 쪽으로부터 초원을 가로질러 나를 향해 오고 있었다. 내가 좋아하는 그 두 숙녀도 그들 가운데 있었다. 나는 일어나서 그곳을 떠나려고 했다. 그때 아름다운 숙녀 중 나이 든 숙녀가 나를 알아보더니 환하게 웃으며 내게 소리쳤다. "아, 마침 잘 되었네요. 연못을 건너 저쪽 호숫가로 우리를 태워다주세요!"

숙녀들은 겁을 내면서 조심스럽게 차례차례 조각배에 올라탔고, 신사들은 여인들이 배에 오르는 걸 도와주었는데, 그들은 물 위에서 자신 있다는 것을 조금 뽐내기도 했다. 곧이어 여인들이 모두 배의 양쪽 난간 의자에 자리를 잡자 나는 호숫가로부터 배를 밀어내었다. 젊은 남자 중 맨 앞에 서 있던 한 남자가 몰래 배를 흔들기 시작했다. 그러자 숙녀들은 무서워서 이리저리 움직였고, 몇몇은 소리를 지르기도 했다. 손에 백합꽃 한 송이를 쥐고 있던 그 아름다운 여인은 뱃전에 바짝 붙어 앉아 조용히 웃으면서 호수의 맑은 물결을 내려다보며 백합꽃으로 그것을 가볍게 건드리고 있었다. 그러자 물속에 비치는 구름과 나무 사이로 그녀의 전체 모습을 다시 한번 볼 수 있었다. 그 모습은 마치 높고 파란 하늘을 조용히 가로질러 가는 천사와 같았다.

아직 그녀를 그렇게 처다보고 있을 때 내가 아는 두 숙녀 중 익살맞은 뚱뚱한 여자에게 갑자기 기발한 생각이 떠올랐다. 배를 타고 가는 동안 자기에게 노래 한 곡을 불러달라는 것이었다. 그녀 옆에 앉아있던, 코에 안경을 걸친 아주 잘생긴 젊은 남자가 재빨리 그녀에게 몸을 돌리더니 그녀의 손에 살짝 입을 맞추며 말했다. "기발한 아이디어를 내주시어 고마워요! 탁 트인 들과 숲에서 민중이 부르는 민요는 알프스산에 피는 알프스 장미와 같지요. 민요는 민족정신의 얼이지요. ―《소년의 마적》[01]에 실린 노래들은 식물표본에 지나지 않아요. ―" 그러나 나는, 이렇게 귀하신 분들에게 어울릴 만한 아름다운 노래를 하나도 부를 줄 모른다고 말했다. 그때, 찻잔과 병들이 가득 찬 바구니를 들고 있는, 바로 내 곁에 서 있는데도 여태껏 있는지도 몰랐던 그 새초롬한 시녀가 말했다.

"당신은 아름다운 여인에 대한 멋진 노래를 알고 있잖아요."

그러자 곧 그 숙녀가 다시 크게 말했다.

"그래요, 맞아요. 저 사람은 그 노래를 아주 거침없이 잘 부르더군요.".

나는 부끄러워서 얼굴이 완전히 빨개졌다. 그러는 사이 그 아름다운 여인도 갑자기 물에서 눈을 떼더니 고개를 들어 나를 쳐다봤기에 나의 몸과 마음은 전율을 느낄 정도였다. 그러자 나는 오래 생각하지 않고 용기를 내어 열성을 다하여 매우 즐거운 마음으로 노래불렀다.

---

01 클레멘스 브렌타노(Clemens Brentano)와 아힘 폰 아르님(Achim von Arnim)의 《소년의 마적Des Knaben Wunderhorn (1808)》 같은 민요집을 암시한다.

어디를 가나 어디를 보나,
들과 숲과 계곡에서,
산에서부터 저 멀리 푸른 초원 아래로,
아름답고 고귀한 여인이여,
그대에게 천 번 만 번 인사를 보냅니다.

나의 정원에서 찾은
아름답고 고운 수많은 꽃으로,
수많은 화환을 만들어,
숱한 상념과 인사를
그 안에 엮어 넣습니다.

그녀에게는 어떤 화환도 바칠 수 없네,
너무나 고귀하고 아름다운 그녀이기에.
언젠가 꽃들은 모두 시들어 버릴 테지만,
사랑만은 비길 데 없이
영원히 가슴 속에 남아있겠지요.

겉으론 마냥 기쁜 일인 듯
열심히 일하고,
가슴이 터질 듯 아프더라도,

계속 땅을 파고 노래를 부르다가
머지않아 나의 무덤도 파겠지요.

우리는 뭍에 닿았고, 신사 숙녀들은 모두 내렸다. 내가 알아챈 바로는, 젊은 신사들 가운데 많은 이들이 내가 노래하는 동안 교활한 표정을 짓고 수군대며 숙녀들 앞에서 나를 비웃었다. 안경 낀 신사는 떠나가면서 내 손을 붙잡고 뭐라 말했지만, 나는 도무지 무슨 말인지 알아들을 수 없었다. 숙녀 중 나이 든 이는 나를 매우 다정하게 쳐다보았다. 그 아름다운 여인은 내가 노래를 부르는 동안 내내 눈을 내리깔고 있었는데, 이제 그녀도 아무 말도 하지 않고 떠나가 버렸다. — 그러나 노래를 부를 때 이미 내 눈에는 눈물이 고여 있었으며, 노래에 대한 수치심과 고통으로 내 가슴은 찢어지는 것 같았다. 이제 갑자기 모든 생각이 제대로 떠올랐다. 그녀가 얼마나 아름다운지, 내가 얼마나 불쌍한 놈이며 세상에서 조롱당하고 버려져 있는지를. 그들이 모두 관목숲 뒤로 사라지자 나는 더 이상 견딜 수 없어 풀밭에 쓰러져 슬피 울었다.

제2장

성의 정원 바로 옆으로 국도가 지나고 있었는데, 정원은 높은 담장 하나만을 사이에 두고 국도와 분리되어 있었다. 그곳에 빨간 벽돌 지붕의 매우 산뜻한 작은 세관 건물이 세워져 있었고, 그 뒤로 예쁜 울타리를 두른 작은 꽃밭이 있었다. 그 꽃밭은 성의 정원 담장에 난 틈 사이로 보면 정원의 가장 어둡고 은밀한 부분과 맞닿아 있었다. 그런데 마침 그곳에서 모든 일을 관리하며 살던 세관원이 죽었다. 어느 날 아침, 내가 아직 깊은 잠에 빠져 있던 이른 시각에 성의 서기가 내게 오더니 빨리 집사장에게 가보라고 소리쳤다. 나는 재빨리 옷을 입고 그 경박한 서기를 어슬렁거리며 뒤따라갔다. 서기는 가는 도중 여기저기서 꽃을 꺾어서 윗도리 앞쪽에 꽂기도 하고, 때로는 산책용 지팡이로 어색하게 허공을 이리저리 휘두르면서 온갖 말을 내게 지껄여댔다. 그러나 나는 눈과 귀가 아직 잠에서 깨어나지 않았던 터라 그 말을 하나도 알아들을 수가 없었다. 아직 날이 밝지 않아 어둑어둑한 사무실에 들어섰을 때

집사장은 엄청나게 큰 잉크병과 서류와 장부 더미 뒤에 앉아서 멋진 가발을 쓴 채 둥지 속의 부엉이처럼 나를 쳐다보며 말하기 시작했다.

"자네 이름이 뭔가? 어디에서 왔지? 글을 읽고 쓰고, 셈할 줄 아는가?"

내가 그렇다고 대답하자 그는 계속해서 말했다.

"성주님께서 자네의 훌륭한 품행과 특별한 공적을 고려하여 공석으로 있는 세관원 자리를 맡길 생각을 하고 계시다네." 나는 재빨리 지금까지의 나의 행동과 태도를 곰곰이 생각해 보았는데, 결국 나는 집사장의 말이 옳았다는 것을 스스로 고백하지 않을 수 없었다. — 이리하여 나는 졸지에 정말로 세관원이 되었던 것이다.

나는 즉시 나의 새집에 입주하여 짧은 시간 안에 모든 것을 정리하였다. 나는 죽은 세관원이 후임자에게 남기고 간 몇 가지 물건들도 발견했다. 그중에는 노란 점들이 박힌 화려한 빨간색 실내용 가운과 초록색 슬리퍼와 수면모자, 그리고 긴 대롱이 달린 파이프도 몇 개가 있었다. 이 모든 것들은 고향에서 우리 신부님이 늘 이런 걸 갖추고 팔자 좋게 어슬렁거리는 모습을 보았을 때부터 진즉 내가 갖고 싶었던 물건들이었다. 더 이상 할 일이 아무것도 없었기 때문에 나는 온종일 실내용 가운을 입고 수면모자를 쓰고, 고인이 된 세관원이 남겨둔 것 중에서 제일 긴 파이프 담배를 피우며 내 집 앞에 앉아서 사람들이 국도에서 왔다 갔다 하고, 차를 타고 가거나 말을 타고 가는 모습을 바라보았다. 내가 바라는 것은, 오직 나 보고 평생 아무것도 되지 못할 것이라고 늘 말했던 우리 마을 사람 중 몇 명이라도 한번은 이곳을 지나가면서 이런 내 모습을 봤으면 하는 거였다. ― 실내용 가운은 내 얼굴에 잘 어울렸으며, 아무튼 그 모든 것이 내 맘에 쏙 들었다. 그렇게 나는 그곳에 앉아서, 모든 일의 시작은 어렵다는 것, 상류층 사람들의 생활은 참으로 쾌적하다는 등, 이런저런 여러 가지를 생각했다. 그래서 나는 이제부턴 여행을 다 그만두고, 다른 사람들처럼 돈도 절약해서 장차 그 돈으로 세상에서 뭔가 대단한 것을 이루어 내리라고 남몰래 결심했다. 그러나 나는 그사이에도 나의 결심, 걱정, 업무를 떠나 더없이 아름다운 그 여인을 결코 잊지 못했다.

나는 내 작은 꽃밭에서 발견한 감자나 다른 채소를 다 뽑아 던져버리고 그곳에 온통 예쁜 꽃들을 골라 심었다. 내가 여기서 기거한 후부터 자주 내게 왔고 나의 친한 친구가 된, 선제후 같은 큰 코를 가진 성의 문지기는 내가 한 짓에 대해 나를 옆에서 걱정스럽게 쳐다보더니, 갑자기 얻은 행운 때문에 돌아버린 사람이라고 생각했다. 그러나 나는 그런 것에 개의치 않았다. 나는 내 숙소에서 멀지 않은 곳에 있는 성주의 정원에서 부드러운 목소리들을 들었다. 숲이 우거져 있어 아무도 볼 수는 없었지만, 그중에는 나의 아름다운 여인의 목소리도 섞여 있는 것처럼 보였다. 나는 날마다, 내가 가진 가장 예쁜 꽃으로 엮은 꽃다발을 매일 저녁 어두워지면 담장을 넘어가 정자의 한가운데에 있는 돌 탁자 위에 놓아두었다. 그런데 매일 저녁, 내가 새로운 꽃다발을 가져갈 때마다 먼저 것은 탁자에서 사라지고 없었다.

어느 날 저녁 성의 신사 숙녀들이 말을 타고 사냥을 떠났다. 해는 막 저물어 대지를 온통 찬란한 빛으로 뒤덮었다. 다뉴브강은 순전히 황금과 타오르는 불로 만든 것처럼 찬란하게 멀리 굽이쳐 흘렀으며, 포도 수확꾼들은 온 산에서 깊은 계곡까지 울려 퍼지게 노래를 부르고 환호성을 질렀다. 나는 문지기와 함께 내 집 앞 의자에 앉아서 훈훈한 공기를 마시며 유쾌했던 오늘이 이렇게 서서히 우리 앞에서 저물어 지나가고 있는 것을 보며 기뻐했다. 그때 갑자기 사냥에서 돌아오는 사냥꾼들의 피리 소리가 멀리서 들려왔다. 그 소리들은 때때로 맞은 편 이산 저산에서 서로 다정하게 화답하며 메아리쳐 돌아왔다.

나는 가슴속 깊은 곳에서 진정으로 우러나는 기쁨에 못 이겨 자리에서 벌떡 일어나 황홀해 하며 즐거워서 소리쳤다. "그래, 저게 바로 내게 맞는 일이야. 저 멋진 사냥 말이야!" 그러나 문지기는 조용히 파이프 담배의 재를 털어내며 말했다. "자넨 그렇게 생각하겠지. 나도 그런 짓을 해봤는데, 닳아빠진 신발값도 벌지 못한다네. 게다가 콧물감기는 달고 살지. 발이 '영원히' 젖어있기 때문이야." — 그러자 나도 모르게 심한 분노에 사로잡혀 온몸이 몹시 떨렸다. 갑자기 그의 지겨운 외투, '영원히' 젖어있는 발, 코담배, 매부리코 등, 이 남자의 모든 것이 싫어졌다. — 나는 정신 나간 듯 그의 가슴팍을 움켜잡고 말했다. "문지기 양반, 이제 집으로 꺼져버려요. 그렇지 않으면 여기서 당장 죽도록 두들겨 패버릴 테니까!" 이렇게 말하자 나를 돌아버린 것 같다고 했던 먼젓번 생각이 갑자기 그에게 다시 떠올랐던 모양이었다. 그는 걱정스러운 듯, 그리고 은근히 두려워하며 나를 쳐다보더니 한마디 말도 없이 나에게서 몸을 빼고는 여전히 겁먹은 표정으로 연신 나를 뒤돌아보면서 성큼성큼 성을 향해 걸어갔다. 그는 성에 도착해서 숨을 헐떡이며, 저 녀석이 이제 정말 미쳐버렸다고 사람들에게 말했다.

그러나 나는 급기야 큰 소리로 웃을 수밖에 없었고, 그 잘난 체하는 친구를 떼어내 버린 것이 진심으로 기뻤다. 그때가 바로 내가 늘 꽃다발을 정자에 갖다 놓곤 하던 그 시간이었기 때문이다. 나는 오늘도 재빨리 담장을 뛰어넘어 그 돌 탁자를 향해 달려갔다. 그때 얼마 안 떨어진 곳에서 말발굽 소리가 들려왔다. 나는 더 이상 몸을 피할 겨를이 없었다. 바로 그 아름답고 고귀한 나의 여인이 초록색 승마복 차림에 까닥까닥 흔들리는 깃털을 모자에 달고 천천히, 보아하니 깊은 생각에 잠겨, 가로수길을 따라 말을 타고 내려오고 있었던 것이다. 울려 퍼지는 뿔피리 소리와 키가 큰 나무 아래에서 변화하는 저녁 불빛 사이로 그녀가 점점 가까이 모습을 드러냈을 때, 나는 예전에 아버지 집에서 옛날이야기 책에서 아름다운 마게로네[02]에 대한 얘기를 읽었을 때와 같은 기분이 들었다. 나는 그 자리에서 꼼짝할 수 없었다. 그러나 그녀는 갑자기 나를 알아보더니 몹시 놀랐다. 그리고 거의 자동적으로 멈춰 섰다. 나는 겁이 나고 가슴이 두근거리고 매우 기쁘기도 하여 술 취한 사람처럼 어안이 벙벙했다. 그런데다 어제 내가 갖다 놓은 꽃다발을 그녀가 정말 가슴에 안고 있는 것을 보고서는 나는 더 이상 지체할 수가 없어 완전히 정신이 혼미해진 채 이렇게 말했다. "지극히 아름답고 고귀한 여인이시여, 이 꽃다발도 받아주세요. 그리고 제 꽃밭의 모든 꽃과 제가 가지고 있는 모든 것을 다 받아주세요. 아, 저는 당신을 위해서라면 불 속으로 뛰어들 수도 있을 것 같습니다!" ─ 그녀는 처음엔 아주 진지한 눈빛으로, 그러다가 거의 화가 난 눈빛으로 나를 쳐다보았기에 나는 등골이 오싹해질 지경이었다. 하지만 그녀는 내가 얘기하는 동안 꼼짝도 하지 않은 채 눈을 내리깔고 있었다. 바로 그때 관목 숲속에서 몇몇 사냥꾼들이 얘기하는 소리가 들려왔다. 그러자 그녀는 재빨리 내 손에서 꽃다발을 낚아채더니 아

---

02 마게로네(Magelone): 낭만주의 작가 루트비히 티크(Ludwig Tieck)가 중세의 전설을 개작하여 지은 동화 속의 여주인공의 이름(Ludwig Tieck: Liebesgeschichte der schönen Magelone und des Grafen Peter von Provence(1797).

무 말 없이 곧 아치길 저편으로 사라졌다.

　이날 저녁부터 나는 더 이상 마음의 안정도 휴식도 갖지 못했다. 봄이 시작될 때면 언제나 그랬듯이, 왠지 모르지만 커다란 행운이나 그밖에 어떤 특별한 일이 내 앞에 일어날 것처럼 늘 괜히 마음이 불안하기도 하고 즐거운 기분이 들기도 했다. 특히 그 지긋지긋한 계산이 전혀 해결되지 않을 것 같았다. 녹황색 햇빛이 창문 앞의 밤나무 사이로 들어와 숫자들 위로 비추고 매우 빠르게 이월금에서 합산에 이르기까지, 그리고 다시 위아래로 이동하며 비칠 때면 정말 이상한 생각이 들기까지 했다. 그래서 나는 이따금 온통 정신이 혼미해져 실제로 숫자 3까지도 셀 수 없었다. 8이란 숫자는 넓은 머리 장식을 하고 허리띠를 졸라맨 그 뚱뚱한 숙녀로 늘 연상되었고, 보기 흉한 7자는 영원히 뒤쪽을 가리키는 이정표나 교수대처럼 보였기 때문이다. ― 나에게 제일 재밌는 숫자는 그래도 9였다. 9라는 숫자는 눈 깜짝할 사이에 우습게도 종종 6으로 거꾸로 서 있는 것처럼 보였다. 한편 2는 의문부호처럼 교활한 표정을 지으며 내게 이렇게 물어볼 것 같았다. "이 불쌍한 0아, 결국 너는 무엇이 될 거냐? 그 날씬한 1이자 모든 것인 그녀가 없다면 너는 영원히 아무것도 아닐걸!

　사무실 문밖에 앉아있는 것도 더 이상 즐겁지 않은 것 같았다. 나는 좀 더 편해지려고 앉은뱅이의자 하나를 꺼내 와서 그 위에 발을 뻗었다. 그리고 전임자가 쓰던 헌 파라솔을 수리

해서 중국식 정자처럼 햇빛 가리개로 내 머리 위로 펼쳐놓았다. 그러나 그것은 아무런 도움이 되지 않았다. 그렇게 앉아서 담배를 피우며 공상에 잠겨있자니 지루한 나머지 두 다리는 점점 길어지는 것 같았고, 몇 시간이고 코끝을 내려다보고 있노라면 하릴없이 빈둥거려 내 코가 길어지는 것 같았다. ― 그리고 이따금 날이 새기도 전에 특급 우편마차가 지나갈 때면 나는 잠이 덜 깬 채 공기가 서늘한 밖으로 나왔다. 그러면 어둠 속에서 반짝이는 눈만 보이는 어느 귀여운 얼굴이 호기심에 가득한 표정으로 마차 밖으로 몸을 구부리고 나에게 친절한 아침 인사를 건넸다. 그러나 주변의 여러 마을에서는 조용히 일렁이는 밀밭 너머로 수탉들의 힘찬 울음소리가 들려왔다. 아침햇살 사이로 너무 일찍 잠이 깬 몇 마리 종달새들이 벌써 하늘 높이 날고 있었다. 마부는 이제 우편 나팔을 집어 들어 불고 또 불면서 계속해서 달려갔다. ― 나는 오랫동안 거기 서서 떠나가는 마차를 바라보았다. 그러자 나도 당장 멀고 먼 세상으로 떠나야 할 것 같은 생각이 들었다. 그래도 나는 줄곧 여전히, 해가 지자마자 어두운 정자 안의 돌 탁자 위에 내가 만든 꽃다발을 갖다 놓았다. 그러나 그뿐이었다. 그날 저녁 이후 그것으로 모든 일은 끝나 버린 것이다. ― 아무도 그것을 거들떠보지 않았다. 아침 일찍 그곳을 바라볼 때마다 꽃들은 여전히 어제처럼 거기 놓여있었다. 시들어 축 늘어뜨린 봉우리 위에 이슬방울이 맺혀있는 꽃들은 마치 울고 있는 것처럼 매우 슬프게 나를 바라보고 있었다. ― 그런 모습은 내 마음을 몹시 언짢게 했다. 나는 더 이상 꽃다발을 엮지 않았다. 이젠 꽃밭의 잡초도 맘대로 자랄 테면 자라보라지, 하는 심정이었다. 그래서 나는 바람 불어 꽃잎들이 없어질 때까지 꽃들을 그대로 놔두고 자라게 내버려 두었다. 내 마음도 나의 꽃밭처럼 황량하고 복잡하고 혼란스러웠던 것이다.

이렇게 위기를 맞고 있던 시기에 이런 일이 생겼다. 언젠가 집에서 창가에 기대앉아 울적한 기분으로 허공을 내다보고 있던 바로 그때 성의 시녀가 길을 건너 총총걸음으로 내게 다가왔다. 그녀는 나를 보자 재빨리 내 쪽으로 와 창가에서 멈춰 섰다. ― "성주님이 어제 여행에서 돌아오셨어요", 그녀는 황급히 말했다. "그래요?" 나는 의아한 표정으로 대꾸했다. ― 나는 이미 몇 주 전부터 아무것에도 신경 쓰지 않았기에 성주님이 여행 중이었다는 사실초차 몰랐기 때문이다. ― "그럼 그 젊고 고귀한 여인, 성주님의 따님께서도, 기뻐하셨겠네요." ―

시녀가 이상한 눈빛으로 나를 위아래로 훑어보아서 내가 무슨 바보 같은 말을 했는지 정말로 곰곰이 생각해봐야 했다. 그녀는 이윽고 "당신은 도대체 아무것도 모르고 있군요"라고 말하고 조그마한 코를 찌푸리면서 말을 이어갔다. "그런데 오늘 저녁 성에서 주인님을 위한 가면무도회가 열린답니다. 우리 마님께서도 정원사로 변장하실 거예요. ― 아시겠어요. ― 정원사로 말이에요. 그런데 마님께서 당신이 꽃밭에 특별히 아름다운 꽃을 갖고 있는 걸 보셨어요." — 그것참 이상한 일이군, 나는 혼자 생각했다. 잡초 때문에 지금은 더 이상 꽃을 거의 볼 수 없을 텐데. — 그러나 그녀는 계속해서 말했다. "마님께서 옷에 달 예쁜 꽃, 그것도 막 꽃밭에서 나온 아주 싱싱한 꽃이 필요하시답니다. 그러니 꽃을 좀 가져와서 오늘 저녁 어두워지면 그걸 들고 저택에 있는 키 큰 배나무 아래에서 기다리시래요. 그러면 마님이 오셔서 꽃을 가져가실 거예요."

나는 이 소식을 듣고 기쁜 나머지 어안이 벙벙했다. 나는 너무 황홀한 기분에 창밖으로 뛰어나가 시녀에게 달려갔다.

"어머나, 흉측한 실내용 가운 좀 봐!", 시녀는 그런 옷차림으로 밖에 나와 있는 내 모습을 보더니 별안간 큰 소리로 말했다. 그 말에 나는 화가 났다. 나도 예의범절에 뒤지고 싶진 않았지만, 그녀를 붙잡아 입맞춤하려고 점잖게 장난을 좀 쳤던 것이다. 그러나 불행하게도 이때, 내게 너무 길었던 잠옷이 발아래 걸려서 나는 땅바닥에 길게 나자빠지고 말았다. 다시 정신을 차려 일어났을 때 시녀는 이미 멀리 가버렸다. 나는 그녀가 아직 멀리서도 허리를 잡아야 할 정도로 깔깔대며 웃는 소리를 들었다.

그러나 지금 곰곰이 생각해보니 그건 기뻐할 일이었다. 그녀가 여전히 나와 나의 꽃들을 생각하고 있었다니! 나는 나의 꽃밭으로 가서 황급히 모든 잡초를 화단에서 뽑아서 내 머리 위 어슴푸레한 허공으로 던져버렸다. 마치 모든 불쾌함과 우울함을 뿌리째 뽑아버리는 것처럼. 이제 장미꽃들은 다시 그녀의 입과 같았고, 담청색 메꽃들은 그녀의 눈과 같았으며, 우울한 듯 고개 숙인 새하얀 백합은 완전히 그녀의 모습으로 보였다. 나는 조심스럽게 이 모든 꽃을 모아 조그만 바구니에 담았다. 고요하고 아름다운 저녁이었다. 구름 한 점 없는 하늘엔 별들이 벌써 하나둘씩 모습을 드러내었고, 멀리서 다뉴브 강의 물 흐르는 소리가 들판 너머로 들려왔다. 내가 있는 곳에서 가까이 있는 성주님 정원의 키 큰 나무에서는 수많은 새들이 한데 어울려 즐겁게 노래하고 있었다. 아, 나는 정말로 행복했다!

마침내 밤이 되자 나는 작은 꽃바구니를 팔에 끼고 성의 커다란 정원을 향해 출발했다. 바구니 안의 꽃들, 희고, 빨갛고, 파란 꽃들이 모두 향기를 풍기며 매우 다채롭고 우아하게 뒤섞여 놓여있었다. 꽃바구니 속을 들여다볼 때마다 내 가슴은 정말 기쁨으로 가득 찼다.

나는 즐거운 생각으로 가득 차 달빛이 아름답게 비치는 가운데 깨끗하게 모래가 뿌려진 조용한 길을 통해 작고 하얀 다리를 건너 우아한 정자와 별장들 옆을 지나갔다. 다리 아래에서는 백조들이 잠이든 채 물 위에 앉아있었다. 나는 그 커다란 배나무를 금방 찾았다. 그것은 내가 아직 정원사 조수로 있을 적에 무더운 오후엔 곧잘 그 그늘 아래에 드러누워 있었던 바로 그 나무였기 때문이다.

이곳은 매우 어둡고 한적했다. 다만 키 큰 백양나무 한 그루가 살랑거리며 은빛 잎사귀들과 무언가 끊임없이 속삭이고 있었다. 성에서 간간이 무도회 음악이 울려왔다. 나는 이따금 정원에서 사람들의 소리도 들었다. 그 소리들은 종종 아주 가까이 내 옆으로 다가와 들리다가 또 갑자기 아주 조용해졌다.

나는 가슴이 두근거렸다. 내가 마치 누군가를 훔쳐보려는 것처럼 두렵고 묘한 기분이 들었다. 나는 오랫동안 쥐 죽은 듯 조용히 나무에 기대서서 사방으로 귀를 기울였다. 그러나 여전히 아무도 오지 않았기에 나는 더 이상 참을 수가 없었다. 나는 작은 꽃바구니를 팔에 끼고 다시 탁 트인 곳에서 숨을 쉬려고 재빨리 배나무 위로 기어 올라갔다.

나무 위에 올라가서 보니 그제야 나무 정수리를 넘어 무도곡이 제대로 들려왔다. 나는 정원 전체를 내려다보았고, 환하게 불이 켜진 성의 창문 안도 들여다볼 수 있었다. 거기에는 샹들리에들이 별을 따서 만든 화환처럼 천천히 돌아가고 있었다. 잘 차려입은 수많은 신사 숙녀들이 그림자놀이에서처럼 파도치듯 움직이며 알아볼 수 없게 서로 뒤엉켜 물결치듯 다채롭게 춤을 추고 있었다. 가끔 몇몇 사람은 창밖으로 몸을 내밀고 정원 아래를 내려다보기도 했다. 그러나 성 밖에는 잔디밭, 관목, 나무들이 홀에서 새어 나오는 많은 등불에 황금빛으로 물들어서 나무들과 새들도 잠들지 못하고 정말 깨어나는 것 같았다. 그곳에서 멀리 있는 나의 주변과 내 뒤편의 정원은 깜깜하고 고요했다.

    그녀는 지금 저기서 춤을 추고 있겠지. 그리고 이미 오래전에 너와 너의 꽃을 잊어버린 게 분명해. 나는 나무 위에 앉아 혼자 그렇게 생각했다. 모두들 저렇게 즐거워하고 있고, 아무도 너에게 관심을 두지 않아. ─ 언제나 어디서나 난 그랬지. 세상 사람들은 모두 자기 자리를 확보하고 있고, 자기의 따뜻한 난로, 커피, 아내, 저녁에 마실 포도주를 갖고 있고 그렇게 정말로 만족하며 살고 있지. 심지어 문지기조차도 자기 처지에 매우 만족해하고 있어. ─ 그런데 나는 아무 데서도 만족스럽지 않아. 마치 온 세상이 나를 전혀 계산에 넣지 않은 것처럼 나는 어디에서나 한 걸음 너무 늦게 온 것 같은 느낌이야.

    내가 막 그렇게 깊은 생각에 잠겨있을 때 갑자기 아래 풀밭에서 뭔가 바스락거리는 소리가 들려왔다. 아주 가까이에서 두 사람이 맑은 목소리로 나지막이 얘기하고 있었다. 곧이어 관목 숲의 나뭇가지들이 휘어지더니 시녀가 사방을 살피면서 나뭇잎 사이로 조그만 얼굴을 내밀었다. 그녀가 고개를 내밀고 위를 쳐다보자 그녀의 교활한 눈동자에 달빛이 비쳤다. 나는 숨을 죽인 채 꼼짝하지 않고 아래를 내려다보았다. 얼마 지나지 않아 분장한 여자 정원사가 정말 나무들 사이로 걸어 나왔다. 어제 시녀가 나에게 묘사했던 것과 완전히 똑같은 모습이었다. 내 가슴은 터질 듯 뛰었다. 그러나 그녀는 가면을 쓰고 있었고, 그 자리에서 놀라워하면서 주위를 살펴보는 것 같았다. ― 내가 보기에 그녀는 전혀 그렇게 날씬하지도 귀엽지도 않은 것 같았다. ― 이윽고 그녀는 나무에 아주 가까이 다가오더니 가면을 벗었다. 그 사람은 실제로 다른 여인, 그 나이 든 고귀한 여인이었다!

처음엔 놀랐지만 다시 마음이 안정되자 여기 나무 위에서 안전하게 있다는 사실을 나는 얼마나 다행스럽게 생각했는지 모른다. 나는 생각했다. 도대체 왜 저 여자만 지금 이곳에 온 것일까? 젊고 아름다운 그녀가 꽃을 가지러 온다면, ― 아름다운 이야기가 될 것인데! 급기야 나는 그 모든 떠들썩한 상황에 대해 화가 나서 울고 싶은 심정이었다.

그때 정원사로 변장한 여인이 나무 아래에서 말하기 시작했다. "저기 저 홀 안은 숨이 막힐 정도로 더워서 바깥의 아름다운 자연에서 몸을 좀 식히러 나올 수밖에 없었어." 그렇게 말하면서 그녀는 가면으로 계속 부채질을 해댔고 숨을 크게 내쉬었다. 나는 밝은 달빛에서 그녀의 목의 힘줄이 상당히 부풀어 올라 있다는 것을 분명히 볼 수 있었다. 그녀는 몹시 화가 난 듯 보였으며, 얼굴이 빨개져 있었다. 그러는 중에도 시녀는 잃어버린 바늘이라도 찾는 듯 덤불 뒤를 샅샅이 뒤졌다. ―

"내 가면에 꽃을 싱싱한 꽃이 꼭 필요한데." 여자 정원사가 다시 말을 계속했다. "그런데 그 사람은 어디 숨어 있는 거야!" ― 시녀는 계속 덤불을 뒤지면서 몰래 혼자서 키득거렸다. ― "로제테, 뭐라고 말한 거야?" 여자 정원사가 날카롭게 물었다. ─ "늘 말하던 대로 말했지요. 시녀가 이렇게 대꾸하면서 아주 진지하고 충실한 표정을 지었다. "천생 세관원인 그 사람은 버릇없는 자이고 앞으로도 그럴 거예요. 그자는 분명 풀섶 뒤 어딘가에 누워서 자고 있을 거예요."

나는 당장 뛰어 내려가 명예를 되찾고 싶은 마음에 온몸이 근질거렸다. 그때 갑자기 성으로부터 요란한 북소리와 음악소리와 사람들이 떠드는 소리가 들려왔다.

이제 여자 정원사는 더 이상 지체할 수가 없었다. "사람들이 주인님을 위해 만세 의식을 행하는가 봐. 가자, 사람들이 우리를 찾을 거야!" ─ 그녀는 불만스러운 듯 버럭 화를 내며 말했다. 그러고 나서 그녀는 재빨리 가면을 쓰더니 몹시 화를 내면서 시녀와 함께 그곳을 떠나 성 쪽으로 갔다. 나무와 관목들이 마치 긴 코와 손가락 같은 희한한 모양으로 그녀의 뒷모습을 가렸다. 달빛은 여전히 피아노 건반 위를 달리듯 그녀의 굵은 허리 위아래를 빠르게 이동하면서 비췄다. 그리하여 그녀는, 내가 가끔 극장에서 보았던 여가수들처럼 트럼펫과 팀파니 소리가 울리는 가운데 재빨리 무대에서 퇴장해버렸다.

그러나 나무 위에 앉은 내게 대체 무슨 일이 일어난 건지 도무지 알 수 없어서 나는 이제 시선을 성 쪽으로 고정시켰다. 건물 아래쪽 입구의 계단 옆에 높다란 내풍등(耐風燈)이 원형으로 늘어서서 불이 반짝이는 창문들 너머 그리고 멀리 정원까지 야릇한 빛을 던지고 있었기 때문이다. 그건 다름 아닌, 젊은 성주를 위해 지금 막 소야곡을 연주하고 있는 하인들이었다. 그들 한가운데에 장관처럼 화려한 옷차림을 한 문지기가 보면대 앞에 서서 열심히 바순을 불고 있었다.

내가 막 아름다운 소야곡을 들으려고 자리 잡고 앉았을 때 갑자기 성의 위층 발코니에서 날개 문이 열렸다. 키가 큰 한 남자가 반짝이는 많은 별이 달린 제복을 입고 멋지고 당당한 모습으로 발코니로 나왔다. 그리고 그의 손을 잡고 그 아름답고 젊은 고귀한 여인이 밤에 핀 백합처럼 새하얀 옷을 입고 서 있었다. 마치 맑은 하늘을 스쳐 가는 달님처럼.

나는 잠시도 그곳에서 시선을 뗄 수 없었다. 그녀가 그렇게 멋지게 등불의 조명을 받으며 높은 곳에 늘씬한 자태로 서서 때로는 그 멋진 장교와 우아하게 대화하고, 때로는 다시 다정하게 악사들을 내려다보며 고개를 끄덕이기도 하는 것을 보자, 이제 정원과 나무와 초원들은 나의 안중에도 없었다. 아래에 있는 사람들은 기뻐서 어쩔 줄 몰라 했고, 나도 마침내 더 이상 참지 못하고 혼신의 힘을 다해 사람들과 함께 연신 만세를 불렀다. —

그러나 잠시 후 그녀가 다시 발코니에서 사라지고, 아래쪽 등불이 하나씩 차례대로 꺼지고 보면대가 치워지고, 이제 정원 주위가 또다시 어두워지고, 이전처럼 나뭇잎이 살랑거리는 소리만 들렸다. — 그제야 문득 나는 모든 것을 알게 되었다. ― 나는 갑자기 가슴으로 뼈저리게 느꼈다. 사실 나이 든 여자가 내게 꽃을 주문했을 뿐이었고, 그 아름다운 여인은 전혀 나를 생각하고 있지 않았으며 오래전에 결혼했다는 것, 그리고 나 자신이 지독한 바보였다는 것을.

이 모든 사실은 정말로 나를 깊은 사색의 나락으로 빠뜨렸다. 나는 마치 고슴도치처럼 나의 좁은 생각의 가시 방호막 안에 나 자신을 휘감았다. 성에서는 아직도 간간이 댄스음악이 들려왔고, 구름은 쓸쓸하게 어두운 정원 위로 흘러갔다. 그런데 나는 행복을 잃은 황량한 마음으로 올빼미처럼 온밤을 지새우며 나무 위에 앉아있었다.

서늘한 아침 공기가 마침내 나를 꿈속에서 깨워놓았다. 나는 갑자기 주위를 돌아보고 적지 않게 놀랐다. 음악과 춤은 오래전에 끝났고, 성안은 물론 주위의 잔디밭과 돌계단과 돌기둥 등 모든 것이 너무나 조용하고 서늘하게 느껴졌고 엄숙해 보였다. 건물의 입구 앞에 있는 분수만이 쓸쓸하게 하염없이 물을 뿜어내며 소리를 내고 있었다. 내 옆의 나뭇가지 여기저기에서 새들이 벌써 깨어나, 알록달록한 깃털을 흔들고 작은 날개를 펼치면서 호기심으로, 그리고 놀란 듯 자기들의 이상한 잠동무를 쳐다봤다. 화사한 아침햇살이 기분 좋게 일렁이면서 정원을 넘어 내 가슴 위로 비쳐들었다.

나는 앉아있던 나무에서 몸을 일으켜 오랜만에 처음으로 다시 한번 그 지역을 아주 멀리 바라보았다. 이미 몇 척의 배들이 포도밭 사이를 흐르는 다뉴브강 위를 내려가고 있었으며, 아직 텅 비어있는 국도들이 마치 다리처럼, 희미하게 반짝이는 대지를 가로지르며 저 멀리 산과 계곡으로 굽이굽이 뻗어 있었다.

어떻게 그렇게 되었는지는 모르겠는데, ― 갑자기 예전의 여행 욕구가 다시 나를 사로잡았다. 그것은 모두 오래된 서글픔과 기쁨과 크나큰 기대가 섞인 감정이었다. 이때 나에겐 이런 생각이 들기도 했다. 그 아름다운 여인은 지금 저 건너 성에서 꽃들을 사이에 두고 비단이불을 덮고 단잠을 자고 있을 것이며, 그녀의 침대 발치에는 천사가 아침의 적막 속에 앉아 있겠지. ―"그래, 나는 이곳을 떠나야 해"라고 나는 소리쳤다, "하늘이 푸른 곳이면 어디까지든 멀리 계속 가야 해!"

그렇게 외치며 나는 꽃바구니를 집어서 공중 높이 던져버렸다. 그랬더니 꽃들이 나뭇가지 사이와 아래쪽 초록색 잔디 위에서 알록달록 흩뿌려져 주위에 널려있는 모습이 정말 아름다워 보였다. 그런 다음 나는 재빨리 나무에서 내려와 조용한 정원을 지나 내 숙소를 향해 걸어갔다. 나는 그때, 예전에 내가 그녀를 한 번이라도 본 적이 있던 곳이나, 혹은 나무그늘에 누워서 그녀를 생각했었던 여러 장소에서 자주 걸음을 멈췄다.

내가 살던 집 안과 주위의 모든 것은 내가 어제 이곳을 떠나왔던 때와 여전히 똑같아 보였다. 작은 꽃밭은 약탈당한 모습으로 황량했으며, 방 안에는 커다란 회계장부가 아직도 펼쳐진 채로 놓여있었고, 이미 거의 완전히 잊고 있었던 내 바이올린은 먼지가 쌓인 채 벽에 걸려있었다. 그러나 마침 맞은편 창문으로 들어온 한 줄기 아침 햇살이 반짝이며 바이올린의 현 위로 비쳤다. 그 모습은 내 마음속에 참된 울림을 주었다. 그래, 나는 말했다. 이리 와라, 충실한 악기여! 우리의 왕국은 이런 세계가 아니다! ―

그리하여 나는 벽에서 바이올린을 집어 들고, 회계장부, 실내용 가운, 슬리퍼, 파이프와 파라솔을 그대로 놔둔 채 내가 처음 왔을 때와 같은 가난한 모습으로 나의 작은 집에서 나와 그곳을 떠나 햇빛에 눈부신 국도 위로 걸어갔다.

나는 그래도 자주 뒤를 돌아다보았다. 묘한 기분이 들기도 했고, 매우 슬프기도 했지만, 한편으로는 새장을 빠져나온 새처럼 무척 기쁘기도 했다. 꽤 먼 거리를 걸어와서 탁 트인 넓은 곳에 이르자 나는 바이올린을 꺼내 들고 노래를 불렀다.

사랑하는 하느님께 맡길 뿐이네,
시냇물, 종달새, 숲과 들과,
하늘과 땅을 다스리는 분이시니,
내 삶도 최고로 돌보아 주셨네!

성과 정원과 빈의 탑들은 아침노을 속에서 어느새 나의 뒤로 사라져버렸고, 내 머리 위에서는 수많은 종달새가 하늘 높이 떠서 즐겁게 노래하고 있었다. 나는 이제 푸른 산들 사이로 즐거운 도시와 마을들을 지나 이탈리아를 향하여 발길을 옮겼다.

제3장

 그런데 이제 일이 난감하게 되었다! 사실 내가 길을 제대로 모르고 있었다는 것을 아직도 전혀 생각하지 않았던 것이다. 또한 이 조용한 아침 시간에 주위에 물어볼 만한 사람이 하나도 보이지 않았다. 게다가 내가 있는 데서 멀지 않은 곳에서 국도가 또다시 많은 국도로 갈라졌다. 이 길들은 높고 높은 산들을 넘어 마치 이 세상 밖으로 뻗어나가는 것처럼 멀리 나 있어서 쳐다보기만 해도 정말 현기증이 날 정도였다.
 이윽고 한 농부가 길을 따라 걸어오고 있었다. 오늘이 바로 일요일이어서 교회에 가고 있는 것 같았다. 그는 커다란 은색 단추가 달린 구식 외투를 입고 있었고, 중후한 은빛 손잡이가 달린 스페인식 긴 등나무 지팡이를 들고 있었다. 그것은 이미 멀리서도 햇빛에 반짝였다. 나는 즉시 대단히 정중하게 그에게 물었다.
 "이탈리아로 가는 길이 어딘지 좀 가르쳐 주시겠습니까?"
―

농부는 걸음을 멈추고 나를 쳐다보았다. 그러고 나서 아랫입술을 삐죽이 내밀고 한참 생각하더니 나를 또 쳐다보았다. 나는 다시 한번 말했다.

"유자나무가 자라는 이탈리아로 가는 길 말입니다."

"아니, 댁의 유자나무가 나와 무슨 상관이 있소!"

농부는 이렇게 말하고 가던 길을 다시 위풍당당하게 걸어갔다. 그의 풍채가 상당히 위엄이 있어 보여서 나는 그 남자에게 좀 더 예의바른 태도를 기대했던 것 같다.

이제 어떻게 해야 하지? 다시 발길을 돌려 나의 고향 마을로 돌아갈까? 그러면 사람들은 내게 손가락질할 것이고 아이들은 나를 에워싸고 뛰며 말하겠지. "아, 세상 구경하고 돌아오신 분, 열렬히 환영해요! 그래, 세상이 어떻던가요? 우리에게 줄 후추과자[03]라도 가져왔나요?"

세상사에 대해 지식이 많은 선제후 코를 가진 그 문지기가 내게 자주 말했었다.

"귀하신 세관원 나리! 이탈리아는 아름다운 나라지. 거기서는 하느님이 모든 것을 돌봐주신다네. 그곳에선 햇빛에 드러누워 있기만 해도 저절로 건포도가 자라서 입 안으로 들어오고, 독거미에 물리면 춤을 배운 적이 없는 사람도 매우 유연하게 춤을 춘다네." — "그래, 고향으로 가는 건 안 되지, 이탈

---

03 당밀이나 꿀과 여러 향료로 만든 과자.

리아로 가야 해, 이탈리아로!" 나는 기쁨에 넘쳐 소리를 지르고 여러 갈래 길이 있다는 것을 생각하지도 않고 무조건 발길 닿는 대로 길을 계속 걸어갔다.

한참을 그렇게 계속 가다가 도로 오른쪽에서 매우 아름다운 수목원을 발견했다. 아침햇살이 그곳 나뭇가지와 나무우듬지 사이로 아주 유쾌하게 비춰들어 잔디밭은 황금색 양탄자가 깔려 있는 것처럼 보였다. 주위에 한 사람도 보이지 않았기에 나는 정원의 낮은 담장을 넘어 들어가 사과나무 아래 풀밭에 아주 편안하게 드러누웠다. 어젯밤 나무 위에서 잠을 자서 아직도 온몸이 쑤시고 아팠기 때문이다. 거기서 나는 들판 저 멀리까지 볼 수 있었다. 또 마침 일요일이어서 아주 멀리서부터 교회의 종소리가 고요한 들판 너머로 들려왔고, 잘 차려 입은 시골 사람들이 초원과 수풀 사이 여기저기에서 교회를 향해 걸어가고 있었다. 나는 진정으로 매우 기뻤고, 새들은 내 머리 위 나무 속에서 노래하고 있었다. 나는 고향의 물레방앗간과 아름답고 고귀한 여인의 정원을 생각했다. 그리고 이제 그 모든 것이 머나먼 곳에 있다고 생각했다. ─ 그러다 나는 결국 잠이 들었다. 나는 꿈을 꾸었다. 그 아름다운 여인이 멋진 풍경 속에서 나타나 내게 내려오거나, 혹은 실제로는 아침노을 속에 나부끼는 길고 하얀 면사포를 쓰고 교회의 종이 울리는 가운데 천천히 날아서 오는 것 같았다. 그러다가 다시 우리가 전혀 낯선 곳이 아닌 고향 마을 물레방앗간 옆, 짙은 나무

그늘 속에 있는 것 같았다. 그러나 일요일에 사람들이 교회에 간 모양인지 나무들 사이로 오르간 소리만 들려와 주위의 모든 것이 고요하고 공허해서 나는 정말 마음이 아팠다. 그러나 그 아름다운 여인은 아주 상냥하고 다정했다. 그녀는 내 손을 잡고 나와 함께 걸었으며, 쓸쓸한 마음으로 계속 아름다운 노래를 불렀다. 그것은 그 당시 그녀가 늘 이른 아침마다 창문을 열어놓고 기타에 맞춰 부르던 노래였다. 그때 나는 고요한 연못에 비친 그녀의 모습을 보았다. 그녀는 보통 때보다 훨씬 더 아름다웠지만, 유난히 큰 눈으로 어찌나 나를 빤히 바라보던지 나는 거의 두려움을 느낄 정도였다. 그때 갑자기 물레방아가, 처음 몇 번은 천천히, 그러다가 점점 더 빨리, 더 힘차게 덜커덩 소리를 내며 돌아가기 시작했다. 연못은 어두워졌고 잔물결이 일었으며, 그 아름다운 여인은 몹시 창백해졌다. 그녀의 면사포는 점점 더 길어져서 안개 자락처럼 엄청나게 긴 띠를 이루며 하늘 높이 펄럭였다. 물레방아의 덜커덩거리는 소리가 점점 커져서 문지기가 그 사이에 바순을 부르는 것 같기도 했다. 이윽고 나는 심하게 가슴이 뛰면서 잠에서 깨어났다.

실제로 사과나무를 통해 내 위로 조용히 바람이 불어오긴 했었다. 그러나 그렇게 시끄럽게 요란한 소리를 냈던 것은 물레방아도 문지기도 아니었고, 조금 전에 나에게 이탈리아로 가는 길을 가리켜주려 하지 않았던 바로 그 농부였다. 그런데 그는 나들이옷을 벗어 던지고 하얀 조끼를 입고 내 앞에 서 있었다. 내가 잠이 덜 깨서 눈을 비비고 있을 때 그가 말했다. "흠, 자넨 교회는 안 가고 혹여 여기서 유자를 따면서 아름다운 내 잔디밭을 이렇게 망가트려 놓으려는 건가, 이 게으름뱅이 녀석 같으니라고!" — 나는 다만 이 무뢰한이 내 잠을 깨웠다는 것에 화가 났다. 나는 너무나 화가 나서 자리에서 벌떡 일어나 급히 대답했다. "뭐라고요? 지금 내게 욕하는 건가요? 나는, 당신 같은 사람은 그런 걸 생각도 못 해볼 정원사였고, 세관원이었단 말이오. 그리고 당신이 시내로 갔었더라면 당신은 내 앞에서 그 지저분한 수면모자를 벗어야 했을 거요. 나는 집도 있었고 노란 점이 박힌 빨간 잠옷도 갖고 있었단 말이에요." — 그러나 이 무뢰한은 그런 것에 전혀 아랑곳하지 않고 양팔을 옆구리에 받치고 그저 이렇게 말했다. "후후! 그래, 어쩌겠다는 거야?" 나는 그때 그자가 키는 작고 땅딸막하고, 다리는 굽었고, 얼굴에는 튀어나온 개구리눈과 약간 휘어진 딸기코가 있다는 것을 알았다. 그는 계속 "후! 후!"라는 말만 해댔다. — 그럴 때마다 그가 한 발짝씩 내게 가까이 다가오자 갑자기 매우 묘한, 무서운 공포감이 나를 엄습했다. 그래서 나는 재빨리 채비하고 울타리를 뛰어넘었다. 그러고 나서 뒤도 돌아보지 않고 들판을 가로질러 냅다 달렸더니 가방에 들어 있는 바이올린이 울려 소리가 났다.

숨을 돌리려고 마침내 다시 멈춰 섰을 때 그 정원과 모든 계곡은 더 이상 보이지 않았고, 나는 어느 아름다운 숲속에 서 있게 되었다. 그러나 나는 그런 것에는 그다지 신경 쓰지 않았다. 지금 그 소동과 그자가 계속 내게 이 녀석 저 녀석 하며 반말을 해댄 것에 몹시 화가 났었기 때문이다. 그래서 나는 한참 동안 속으로 혼자서 욕했다. 그런저런 생각을 하면서 나는 빠른 걸음으로 계속해서 걸어가서 점차 국도를 벗어나 깊은 산속으로 들어서게 되었다. 내가 계속 걸어 온 숲길은 끝났고, 내 앞에는 사람들이 별로 다니지 않은 작은 오솔길 하나가 나타났을 뿐이었다. 주위에는 아무도 보이지 않았고 아무 소리도 들리지 않았다. 그러나 그밖에는 걷기에 아주 기분 좋은 길이었다. 나무의 우듬지들이 바람결에 흔들리는 소리가 났고 새들은 매우 아름답게 노래하고 있었다. 그러므로 나는 신이 이끄는 대로 나 자신을 맡기고 바이올린을 꺼내 내가 가장 좋아하는 모든 노래를 연주했다. 그러자 그 소리가 한적한 숲속에서 아주 즐겁게 울려 퍼졌다.

그러나 연주마저도 오래 하지 못했다. 연주하다가 매번 몹쓸 나무뿌리에 채여 비틀거렸고, 게다가 드디어 배도 고프기 시작했기 때문이다. 그런데 숲길은 여전히 전혀 끝날 기미가 보이지 않았다. 그렇게 나는 온종일 주위를 헤매고 다녔다. 마침내 작은 초원의 골짜기로 걸어 나왔을 때 해는 이미 나뭇등걸 사이로 기울고 있었다. 골짜기는 주변 산들로 빙 둘러싸여 있었고, 빨간 꽃 노란 꽃들로 가득 차 있었다. 그 꽃들 위로 수많은 나비가 저녁노을 속에 이리저리 날아다니고 있었다. 이곳은 너무나 한적해서 세상이 수백 마일이나 멀리 떨어져 있는 것 같았다. 오직 여치들만 찌르륵거리며 울어댈 뿐이었다. 한 목동이 건너편 키 큰 풀숲에 누워 너무나 애틋하게 피리를 불어서 듣는 이의 가슴이 슬픔으로 터질 것만 같았다. 그때 나는 혼자 생각했다. 그래, 저런 게으름뱅이처럼 팔자가 좋은 사람이 어디 있겠는가! 우리 같은 놈은 타향에서 계속 치고받으며 항상 정신 차리고 살아야 하는데. — 내가 건너갈 수 없는 아름답고 맑은 강이 우리 사이에 있었기 때문에 나는 멀리서 그를 향해 소리쳤다. 여기서 가장 가까운 마을이 어디 있어요? 그러나 그는 방해받고 싶지 않았던지, 머리만 조금 풀밭에서 내밀고 피리로 저편 다른 숲 쪽을 가리키더니 아무일 없었다는 듯 다시 계속해서 피리를 불었다.

그러는 사이 나는 계속 부지런히 걸었다. 이미 날이 어두워지기 시작했기 때문이다. 마지막 햇살이 숲속에 어른거릴 때만 해도 소란스럽게 지저귀던 새들도 모두 갑자기 조용해졌다. 끊임없이 술렁대는 한적한 숲속을 가고 있노라니 나는 얼추 겁이 나기 시작했다. 이윽고 멀리서 개들이 짖는 소리가 들려왔다. 나는 계속해서 더 빨리 걸었고, 숲은 점점 더 밝아졌다. 곧이어 나는 마지막 나무들 사이로 아름다운 녹색의 광장을 보았다. 그곳에선 많은 아이들이 왁자지껄 떠들면서 바로 한가운데 서 있는 커다란 보리수 둘레를 빙빙 돌며 놀고 있었다. 광장에서 좀 떨어진 곳에 음식점이 하나 있었다. 그 앞에서 농부 몇 명이 테이블에 둘러앉아 카드놀이를 하면서 담배를 피우고 있었다. 다른 쪽 문 앞에서는 젊은 사내 아이들과, 앞치마 속에 팔을 감싼 아가씨들이 앉아 서늘한 공기를 마시며 서로 수다를 떨고 있었다.

나는 오래 생각해보지도 않고 가방에서 바이올린을 꺼내, 숲에서 걸어 나오면서 빠른 속도로 흥겨운 민속춤 한 곡을 연주했다. 아가씨들은 놀라워했고, 노인들은 멀리 숲속까지 들릴 정도로 큰 소리로 껄껄 웃었다. 내가 보리수나무가 있는 데까지 와서 나무에 등을 기대고 계속 연주하자 좌우의 젊은이들 사이에서 자기들끼리 몰래 두런두런 수군거리는 소리가 들렸다. 마침내 사내아이들은 일요일마다 피는 담뱃대를 내던지고 각자 자기 짝을 끌고 나왔다. 눈 깜짝할 사이에 젊은 농부의 무리들이 나를 둘러싸고 신나게 몸을 흔들었다. 개들은 짖어댔고, 옷자락들은 펄럭였다. 또 어린아이들은 호기심에 가득 차서 나를 원 모양으로 빙 두르고 내 얼굴과 빠르게 바이올린을 연주하는 내 손가락을 쳐다봤다.

첫 번째 춤곡이 끝났을 때 나는 비로소 좋은 음악이 사람들의 사지를 들썩이게 한다는 것을 알 수 있었다. 조금 전까지 담뱃대를 입에 물고 의자 위에 늘어져 뻣뻣한 다리를 뻗고 있던 시골 총각들이 이제 갑자기 돌변한 것 같았다. 그들이 형형색색의 손수건을 앞 단추 구멍에 끼워 길게 늘어뜨리고는 아주 멋지게 처녀들의 주위를 빙빙 돌며 뛰는 모습을 구경하는 게 아주 재미있었다. 진즉 그렇게 하는 것이 옳다고 생각한 그들 중 한 사람이 다른 사람들이 보라는 듯 조끼 주머니를 한참이나 뒤적였다. 이윽고 그는 작은 은전 한 닢을 꺼내 내 손에 쥐여주려고 했다. 비록 주머니에 한 푼도 가진 게 없긴 했어도 그런 행동은 나를 화나게 했다. 나는 그에게 말했다. 내가 사람들을 다시 만난 게 그저 기뻐서 연주할 뿐이니 제발 그 잔돈푼을 넣어두시라고. 곧이어 멋진 아가씨 하나가 커다란 포도주잔을 들고 내게 다가왔다. 그녀는 "악사들은 술 마시기 좋아하지요"라고 말하더니 나를 보고 다정하게 웃었다. 진주같이 하얀 그녀의 치아는 빨간 입술 사이에서 아주 매혹적으로 반짝여서 나는 그녀의 입술에 키스하고 싶은 생각이 들 정도였다. 그녀는 포도주에 조그만 입을 살짝 댄 다음, 술잔 너머로 눈을 반짝이며 나를 바라보더니 내게 술잔을 건네주었다. 나는 잔을 바닥까지 비워 다 마시고 나서 다시 힘을 내서 연주하였더니 모두 신나게 내 주위를 돌며 춤을 추었다.

그러는 사이 노인들은 하던 카드놀이를 중단하였고, 젊은 사람들도 피곤해지기 시작하여 흩어졌다. 그리하여 음식점 앞은 차츰 아주 조용해지더니 텅 비워졌다. 나에게 포도주를 건네줬던 아가씨도 이제 마을을 향해 가고 있었다. 그녀는 매우 천천히 걸어갔으며, 마치 뭔가 잊어버린 듯 가끔 뒤를 돌아다 봤다. 이윽고 그녀가 멈춰서더니 땅에서 뭔가를 찾고 있었다. 그러나 나는 그녀가 몸을 구부릴 때마다 팔 사이로 내 쪽을 쳐다보고 있다는 것을 알아챘다. 나는 성에서 예의범절을 배운 바 있어 재빨리 그리로 뛰어가서 말했다. "아름다운 아가씨, 뭘 잃어버리셨나요?" "아, 아니요"라고 말하더니 그녀는 얼굴이 새빨개졌다.

"단지 장미 한 송이였어요. — 이거 드릴까요?"

나는 감사를 표하고 장미꽃을 단춧구멍에 꽂았다. 그녀는 매우 다정하게 나를 바라보며 말했다. "연주를 썩 잘하시던데요" — 나는 대꾸했다. "네. 그건 그냥 신이 내려준 선물이지요."

"이곳 마을엔 악사들이 아주 귀해요." 아가씨는 다시 말을 시작하다가 또 멈추었다. 그녀는 줄곧 눈을 내리깔고 있었다. "당신은 여기서 꽤 많은 돈을 벌 수 있을 거예요. — 우리 아버지도 바이올린을 좀 켜시고 외지인의 얘기를 듣기 좋아하세요. — 그리고 우리 아버지는 아주 부자예요." — 그러더니 그녀는 갑자기 웃음을 터트리며 말했다. "머리를 바이올린에 댄 채 그렇게 얼굴을 찡그리지 않으면 좋겠어요, 연주할 때마다 말이에요!" 나는 대답했다. "귀여운 아가씨, 첫째로, 제발 나를 매번 당신이라고 부르지 마세요. 그다음, 머리를 떠는 건 어쩔 수 없는 일이에요. 그건 우리 같은 모든 대가의 습관이지요." — "아. 그렇군요!" 아가씨가 대꾸했다. 그녀가 뭔가 더 말하려고 했지만, 갑자기 음식점 안에서 엄청나게 시끄러운 소리가 났다. 요란한 소리를 내며 음식점 문이 열리더니 깡마른 한 남자가 화덕에서 꺼낸 부지깽이처럼 내팽개쳐져서 밖으로 튀어나왔다. 그다음 곧바로 그의 등 뒤에서 쾅 하고 다시 문이 닫혔다.

그 아가씨는 첫 번째 쾅 하는 소리가 났을 때 노루처럼 뛰어오르더니 그곳을 떠나 어둠 속으로 사라졌다. 그러나 문 앞에 있던 그 남자가 다시 재빨리 땅바닥에서 벌떡 일어나더니 매우 놀라울 정도로 속사포같이 빠른 속도로 음식점을 향해 욕을 퍼붓기 시작했다.

"뭐라고" 그가 소리쳤다, "나보고 취했다고? 연기에 그을린 더러운 문에 백묵으로 표시해 둔 외상 술값을 내가 지불하지 않았다고? 그 외상 표시를 지워요! 지워버리란 말이야! 내가 바로 어제 네 놈 입에 숟가락을 물려가며 이발을 해주지 않았더냐?[04] 그러다가 코에 상처를 냈더니 내 숟가락을 문드러지게 깨물어 두 동강 내버렸지? 면도해준 걸로 한 잔 값이고, — 숟가락도 한 잔 값이고, — 코에 붙여준 반창고가 또 한 잔 값이야. — 도대체 그런 비열한 외상값 표시로 또 얼마나 많은 돈을 받아내려는 거냐? 그래 좋아, 좋다고! 이 마을 모든 놈들에게 면도를 안 해줄 테니까! 덥수룩한 털을 달고 다녀보라지. 그러면 하느님이 최후의 심판의 날에 네놈들이 유

---

04 옛날 이발사들은 이빨 빠진 남자들의 수염을 깎을 때, 쏙 들어간 뺨을 볼록 튀어나오게 하려고 숟가락을 입에 물렸다고 한다. (정서웅:《방랑아 이야기》, 56쪽, 각주 2 참조.)

대인인지 기독교도인지 알아보지 못할걸! 이 털북숭이 촌놈들아, 안 깎은 긴 수염에 목매달아 뒈져라!" 이 대목에서 그는 갑자기 비탄에 찬 울음을 터트리더니 째지는 소리로 아주 애절하게 말을 계속했다. "나더러 가엾은 물고기처럼 물이나 퍼마시라고? 그게 이웃사랑이냐? 나는 인간이 아니란 말이냐? 나보고 사람이 아니고 숙련된 군의관이 아니라고? 아, 오늘은 정말 울화통이 터지는구먼! 내 마음은 진한 감동과 인간애로 넘치고 있는데 말이야!" 이렇게 큰소리치는데도 음식점 안이 온통 여전히 조용했기 때문에 그는 점차 움츠러들었다. 그는 나를 보자 양팔을 활짝 펼치고 나를 향해 달려들었다. 나는 그 미치광이가 나를 껴안으려 한다고 생각했다. 그러자 내가 펄쩍 뛰어 옆으로 몸을 피했더니 그는 계속 비틀거렸다. 그리고 나는 한동안 그가 어둠 속에서 때로는 거칠게, 때로는 부드럽게 혼자서 논설을 늘어놓는 소리를 들었다.

내 머릿속에는 갖가지 생각이 맴돌았다. 좀 전에 내게 장미를 선물했던 그 아가씨는 젊고 예쁘고 또 부자였다. — 손바닥을 뒤집는 것보다 쉽게 그녀에게서 행복을 찾을 수도 있었다. 그러면 양, 돼지, 칠면조, 그리고 사과를 채워 넣은 살찐 거위 고기를 먹을 수 있겠지. 그렇다, 나는 마치 성의 문지기가 내게 다가와 꼭 이렇게 말하는 것 같았다. "세관원 양반, 기회를 잡아요, 기회를 잡으라고! 젊어서 결혼한 걸 후회하는 사람은 아무도 없다오. 운이 좋은 놈이 저 신붓감을 집에 데려오는 거라오. 시골에 머물며 잘 먹고 잘살아요." 이런 철학적 생각에 잠겨 나는 이제 아주 한적한 곳에 있는 돌 위에 앉았다. 수중에 돈이 없었기에 음식점 문을 두드릴 용기가 안 나서였다. 달빛이 아름답게 비쳤고, 산으로부터 숲들의 수런대는 소리가 밤의 정적을 뚫고 들려왔다. 이따금 저 멀리서 계곡의 나무와 달빛 속에 묻혀버린 듯한 마을에서 개들이 짖어대었다. 밤하늘을 바라보니 구름이 몇 조각 달빛을 가르며 천천히 흘러가고 있었고, 이따금 저 멀리 하늘에서 별똥별이 떨어져 내렸다. 그러자 이런 생각이 들었다. 달은 저렇게 내 아버지의 물레방앗간에도, 백작의 하얀 성에도 비치고 있겠지. 거기도 지금쯤 이미 오래전에 모든 것이 조용해졌을 것이고, 그 고귀한 여인은 잠을 자고 있겠지. 정원의 분수와 나무들은 그때처럼 여전히 물소리, 바람 소리를 내고 있겠지. 내가 그곳에 있든, 타향에 와 있든 혹은 죽어버렸든, 모든 사람에겐 관심 밖의 일이겠지. 그러자 세상이 별안간 끔찍이도 멀고 커다랗게 느껴졌고 내가 그런 세상에서 완전히 혼자인 것 같아 가슴 깊은 곳에서부터 울고 싶은 심정이었다.

그렇게 계속 앉아있는데 갑자기 멀리 숲속에서 말발굽 소리가 들려왔다. 나는 숨을 멈추고 귀를 기울였다. 그 소리는 점점 더 가까이 다가왔고, 어느새 말이 내뿜는 콧숨 소리까지 들을 수 있게 되었다. 곧이어 말에 탄 두 사람도 실제로 나무 아래에 모습을 드러냈다. 그러나 그들은 숲 언저리에 멈춰서더니 매우 열심히 서로 무슨 은밀한 이야기를 나누고 있었다. 갑자기 달빛이 비치는 공터에 드리운 그림자에서 내가 볼 수 있었던 바에 의하면, 그들은 길고 검은 팔로 때로는 이쪽을, 때로는 저쪽을 가리키기도 하였다. — 돌아가신 나의 어머니가 고향에서 황량한 숲과 무서운 도적들에 관한 얘기를 들려주실 때마다 나는 자주 그런 이야기를 직접 체험해 보길 은근히 바랐었다. 그래서 내가 이제 별안간 그 어리석고 건방진 생각에 대한 벌을 받았구나! — 나는 보리수나무 아래 앉아 그들이 전혀 눈치채지 못하게 가능한 한 길게 보리수나무에 몸을 뻗어 마침내 첫 번째 나뭇가지에 손이 닿자 잽싸게 그 위로 몸을 날렸다. 그러나 내 몸이 나뭇가지 위에 반쯤 매달려 있어서 막 두 다리마저 끌어올리려고 하던 참이었다. 그때 말에 탄 사람 중 하나가 말을 몰아 내 뒤에 있는 공터로 급히 달려왔다. 그러자 나는 어두운 나뭇잎 속에서 눈을 꼭 감고 꼼짝도 하지 않았다. — 바로 내 등 뒤에서 갑자기 "거기 누구요?" 하고 외치는 소리가 들렸다. "아무도 아니에요!" 나는 놀라서 있는 힘을 다해 소리쳤기 때문에 결국 붙잡히고 말았다. 그러나 놈들이 내 빈 주머니를 뒤집어 본다면 얼마나 잘못된 판단일까 생각하니 나는 몰래 혼자 웃지 않을 수 없었다. — 도적이 다시 말했다. "어이, 그런데 이 아래 늘어져 있는 두 다리는 대체 누구 거야?" — 이제는 더 이상 어쩔 수가 없었다. 그래서 나는 "그것은 다름 아닌 길 잃은 불쌍한 악사의 다리이지요."라고 대꾸하고 다시 급히 땅바닥으로 내려왔다. 나는 부러진 삼지창처럼 나뭇가지 위에 오래 매달려 있는 것이 창피하기도 했기 때문이었다.

내가 그렇게 갑자기 나무에서 뛰어내리자 그 기사의 말이 놀라 뒷걸음질쳤다. 그는 말의 목덜미를 두드려주고 웃으면서 말했다. "우리도 길을 잃었소. 그러니 우린 좋은 길동무가 되겠군. 그래서 생각한 건데, B로 가는 길을 찾도록 자네가 우리를 좀 도와주면 좋겠는데. 자네에게 손해될 건 없을 거요." 나는 분명히 말할 수밖에 없었다. B가 어디 있는지 전혀 모르며, 차라리 여기 음식점에서 물어봐 주거나 그들을 마을 아래로 안내해 줄 수는 있겠다고. 그러나 그자는 전혀 분별 있는 사람이 아니었다. 그는 달빛에서 매우 아름답게 번쩍이는 권총을 아주 조용히 혁대에서 빼 들었다. 그는 총신을 닦기도 하고, 때로는 다시 검사하는 듯이 눈에 갖다 대기도 하면서 아주 다정하게 나에게 말했다. "이봐, 친구, 자네가 직접 앞장서서 B로 가주면 고맙겠구먼."

그 말에 나는 상황이 정말 난처해졌다고 느꼈다. 내가 안내한 길이 맞는다면 틀림없이 도적의 무리에게 가게 될 것이고, 가진 돈이 없으니까 얻어맞을 것이며, 그 길이 틀린다 해도 어차피 또 얻어맞을 거였다. 그래서 나는 오래 생각해보지도 않고 아무 길이나 택하여 음식점을 지나 마을에서 벗어나 딴 데로 가는 길로 접어들었다. 그러자 그 기사는 재빨리 자기 동료에게 되돌아갔다. 그러고 나서 두 사람은 얼마간 거리를 유지하면서 천천히 내 뒤를 따라왔다. 이렇게 해서 우리는 정말 바보같이 하늘에 운을 맡기고 달 밝은 밤길을 걸어가게 되었다. 길은 줄곧 숲속 언덕바지 비탈길을 따라 이어졌다. 이따금, 아래서부터 위로 치솟아 올라 어둠 속에 흔들리는 전나무 우듬지 너머로 멀리 깊고 고요한 계곡들을 내다볼 수 있었다. 여기저기에서 밤꾀꼬리가 울고 멀리 마을에서는 개 짖는 소리가 들려왔다. 깊은 계곡에서 흐르는 시냇물 소리가 계속 들렸고 수면은 이따금 달빛을 받아 반짝이기도 했다. 게다가 단조로운 말발굽 소리와 내 뒤에서 끊임없이 낯선 말로 서로 지껄이는 말 탄 두 기수의 웅성거림, 시끌벅적 떠드는 소리, 그리고 밝은 달빛과 나뭇등걸의 긴 그림자들이 두 기수 머리 위로 교대로 사라졌다. 그래서 그들이 때로는 어둡게, 때로는 밝게, 때로는 작게, 때로는 다시 거인같이 크게 보이기도 했다. 내가 마치 꿈속을 헤매며 자고 있어서 절대 깨어날 수 없는 것처럼 내 생각들은 정말로 혼란스러웠다. 그러나 나는 계속해서 힘차게 걸어 나갔다. 우리는 결국 밤을 헤치고 숲에서 벗어나야 한다고 나는 생각했다.

    마침내 하늘에는 어느새, 거울 위에 입김을 불어 넣을 때처럼 아주 조용히 기다랗고 불그스레한 광채가 여기저기 드리워졌다. 또한 종달새 한 마리가 어느새 고요한 골짜기 위에 높이 떠서 노래하고 있었다. 이렇게 아침 인사를 받자 갑자기 나의 마음은 완전히 밝아졌고 모든 두려움이 사라졌다. 그러나 말을 탄 두 사람은 기지개를 켜더니 사방을 둘러보았다. 그들은 이제야 우리가 길을 잘못 들어섰을지도 모른다는 것을 알게 된 것 같았다. 그들은 다시 한참을 지껄여댔는데, 나는 그들이 내 얘기를 한다는 것을 눈치 챘다. 내가 혹시 숲속에서 그들을 틀린 방향으로 끌고 가려고 몰래 숨어 있던 노상강도일지 모른다는 듯, 그들 중 한 사람이 나를 두려워하기 시작하는 것 같다는 생각이 들었다. 나는 그런게 재미있었다. 주위가 밝아올수록 나는 용기가 생겼기 때문이다. 우리가 마침 아름답고 훤한 숲속의 빈터로 나오게 되어 더욱 용기가 났다. 그래서 나는 아주 결연한 표정으로 사방을 둘러 보고 나서, 장난꾸러기들이 서로 신호를 주고받으려고 할 때면 그렇게 하는 것처럼, 손가락을 입에 넣어 몇 차례 휘파람을 불었다.

"멈춰!" 갑자기 기수 중 한 사람이 소리쳐서 나는 깜짝 놀랐다. 뒤돌아보니 그들 두 사람은 말에서 내려 말들을 나무에 매어두었다. 그들 중 한 사람이 재빨리 내게로 와서 내 얼굴을 빤히 쳐다보더니 갑자기 지나칠 정도로 요란스럽게 웃기 시작했다. 솔직히 말해서 나는 그 바보같이 큰 웃음소리에 화가 났다. 그러나 그가 말했다. "분명해. 이 친구가 바로 그 정원사야, 아니 성의 세관원이라고 말하는 게 낫겠지!"

나는 눈을 크게 뜨고 그를 쳐다보았지만 그를 기억해 낼 수 없었다. 또한 내가 성에서 이따금 말을 타는 젊은 신사들을 모두 보려고 했다면 할 일이 너무 많았을 것이다. 그러나 그는 끊임없이 웃으면서 계속 말했다. "그거참 잘 됐군! 보아하니 자네는 할 일이 없는 모양이군. 우리가 마침 시중들 사람이 필요하던 참이니 우리와 함께 있게나. 그러면 자넨 영원한 휴가를 얻게 되는 걸세." ― 무척 당황한 나머지 마침내 나는 지금 막 이탈리아로 여행을 가려던 참이었다고 말했다. "이탈리아로?! 우리도 바로 그곳으로 갈려고 하는 거야!" 그 낯선 남자가 대꾸했다. ― "자, 그렇다면!", 나는 크게 외쳤다. 그러고선 기쁨에 넘쳐 가방에서 바이올린을 꺼내 연주하니 숲속의 새들이 잠에서 깨어났다. 그러나 그 남자는 재빨리 다른 남자를 붙잡더니 그와 함께 잔디 위를 돌며 미친 듯이 춤을 췄다.

그러다가 그들이 갑자기 멈춰 섰다. "아이고 맙소사, 벌써 저기 B시의 교회 탑이 보이네! 당장 아래로 내려갑시다." 그들 중 한 남자가 외쳤다. 그는 시계를 꺼내서 그것을 반복해서 울리게 했고, 머리를 젓더니 다시 한번 울리게 했다. "아니야," 그가 말했다. "이건 안돼. 너무 일찍 도착하게 되면 별로 좋지 않을 수도 있어!"

그런 다음 그들은 말에서 케이크와 고기와 포도주병을 가져와서 아름답고 화려한 보자기를 초록 풀밭에 펼쳐놓고 그 위에 사지를 쭉 뻗고 앉아서 매우 즐거운 기분으로 맛있게 먹었다. 그들은 나에게도 모든 종류의 음식을 아주 넉넉하게 나눠주었다. 나는 벌써 며칠 전부터 제대로 먹지 못해서 아주 맛있게 먹었다. — "그리고 자네 이걸 알고 있길" 그들 중 한 사람이 내게 말했다. — "그런데 자네 우리를 정말 모른단 말이야?" — 나는 머리를 가로저었다. — "그렇다면 알게 해주지. 나는 화가 레온하르트이고, 저기 저 친구도 화가인데 — 귀도라고 하지."

나는 이제 아침 여명 속에서 그 두 화가를 좀 더 자세히 쳐다보았다. 레온하르트라는 사람은 키가 크고 몸이 날씬하고, 갈색 머리에, 익살맞고 이글이글 타는 듯한 눈을 가진 남자였다. 다른 남자는 훨씬 젊고 체격이 더 작고 더 섬세해 보였다. 문지기가 말한 바에 의하면 그는 구식 독일풍의 옷을 입고 있었는데, 하얀색의 깃에 목을 터놓는 스타일이었다. 목 언저리에 암갈색 곱슬머리가 드리워져 있었는데, 그는 머리를 저어서 머리카락을 잘생긴 얼굴로부터 자주 쓸어 넘겨야 했다. — 이 남자는 배부르게 아침 식사를 하고 나서 내 곁에 땅바닥에 놓아두었던 내 바이올린을 집어 들더니 베어 넘겨져 있는 나뭇등걸 위에 앉아 손가락으로 바이올린 줄을 튕겼다. 그런 다음 그가 바이올린에 맞춰 숲속의 작은 새처럼 매우 맑은 소리로 노래를 부르자 나의 온 마음에 울려 퍼졌다.

이른 아침햇살이
안개 낀 고요한 계곡을 비추면,
숲과 언덕이 잠에서 깨어나며 술렁이네.

날 수 있는 자, 날개를 펴라!

흥에 겨운 사람
모자를 벗어 공중에 던지며 외치네.
노래에도 날개가 있으리니,
나는 즐겁게 노래하리라!

그때 불그스레한 아침햇살이 다소 창백한 그의 얼굴과 사랑스러운 까만 눈가에 매우 아름답게 비쳤다. 그러나 나는 몹시 피곤했기에 그가 노래하는 동안 가사와 곡조가 점점 더 혼란스러워지더니 결국 깊이 잠이 들어버리고 말았다.

내가 차츰 정신을 차렸을 때 나는 마치 꿈속에서처럼 두 화가가 여전히 내 곁에서 얘기하고 새들이 나의 머리 위에서 지저귀는 소리를 들었다. 아침햇살이 감긴 눈을 통해 희미하게 비쳐들어 마치 태양이 붉은 비단 커튼 사이로 비치듯 눈 안이 흐릿하게 밝아왔다. 그때 나는 바로 내 옆에서 이탈리아 말로 "꼬메 벨로!"[05]라고 외치는 소리를 들었다. 나는 눈을 뜨고 젊은 화가를 쳐다보았다. 그는 빛나는 아침햇살을 받으며 내 위로 몸을 구부리고 서 있어서 늘어져 있는 곱슬머리 사이로 커다란 검은 두 눈동자만 겨우 보였다.

---

05 Come è bello!(이탈리아어): 이 친구 정말 미남이군!.

나는 재빨리 자리에서 벌떡 일어났다. 어느새 훤한 대낮이 되었기 때문이었다. 레온하르트 씨는 무슨 불만이 있는 것 같았다. 그는 화가 나서 이마에 내 천(川)자를 그리면서 급히 출발을 재촉하였다. 그러나 다른 화가는 곱슬머리를 흔들어 얼굴로부터 뒤로 젖히고, 그의 말에 안장을 얹으면서 혼자 조용히 노래를 흥얼거렸다. 마침내 레온하르트 씨가 갑자기 큰 소리로 웃더니 아직 잔디 위에 있던 술병을 재빨리 집어 들고 남은 술을 잔에 따랐다. "우리의 성공적인 도착을 위하여!" 그가 외쳤다. 그들이 잔을 부딪쳐 함께 건배하자 아름다운 소리가 울렸다. 그런 다음 레온하르트 씨가 밝아오는 아침 하늘 위로 빈 술병을 집어 던지자 허공에서 아름답게 반짝였다.

마침내 그들은 말에 올라탔다. 나는 다시 새로운 기분으로 그들 옆에서 행진해 나갔다. 우리 바로 앞에 거대한 계곡이 놓여있었는데, 우리는 그곳으로 내려갔다. 거기엔 반짝거림과 좔좔 흐르는 물소리, 희미하게 깜빡이는 불빛과 환호성이 있었다. 나는 마음이 시원하고 즐거워져 산을 벗어나 저 아름다운 지역으로 날아가야 할 것 같은 기분이었다.

제4장

 자, 이제 잘 있거라, 물레방앗간과 성과 문지기여! 이제 우리는 모자에 바람 소리가 윙윙 울릴 정도로 신나게 달려갔다. 마을과 도시와 포도밭들이 좌우 양쪽으로 휙휙 지나가서 눈앞이 어질어질할 정도였다. 내 뒤편의 마차 안에는 두 화가가 앉아있었고, 내 앞에선 멋쟁이 마부와 함께 말 네 필이 달리고 있었다. 나는 마부석에 높이 앉아있어서 이따금 내 몸은 한 뼘쯤 공중 높이 튕겨 오르곤 했다.
 여행은 이런 식으로 진행되었다. 우리가 B에 도착했을 때 마을 어귀에는 어느새 녹색 괴깔 모직 저고리를 입은, 키가 크고 바짝 마른, 신경질적으로 보이는 한 신사가 우리를 맞아주었다. 그는 화가님들에게 연신 허리를 굽혀 절하더니 우리를 마을로 안내했다. 우체국 앞 키 큰 보리수나무 아래에는 네 필의 역마가 끄는 화려한 마차가 이미 말이 매어진 채 서 있었다. 오는 도중에 레온하르트 씨는 내가 키가 자라 옷이 작아진 것 같다고 말했다. 그러더니 그는 재빨리 그의 옷 가방에서 다른 옷을 꺼내왔다. 그리하여 나는 아주 멋있는 새 연미복과 조끼를 입어야 했다. 옷들은 내 얼굴에 아주 고상하게 어울렸으나, 다만 내게 죄다 너무 길고 품이 커서 매우 헐렁거렸다. 나는 완전 새 모자도 얻었는데, 신선한 버터를 발라놓은 듯 햇빛에서 반짝이는 모자였다. 낯설고 신경질적으로 보이는 그 신사가 화가들이 타고 온 말의 고삐를 잡았다. 화가들은 마차 안으로, 나는 마부석으로 뛰어올라 타자 우리는 나는 듯 빨리 출발하였다. 바로 그때 수면모자를 쓴 역장이 창밖을 내다보고 있었다. 마부는 흥겹게 뿔피리를 불어대었다. 그렇게 우리는 상쾌한 기분으로 이탈리아로 들어가게 되었다.

사실 나는 마차 위 마부석에 앉아 공중을 나는 새처럼 정말 멋지게 지냈지만, 스스로 새같이 날아다닐 필요는 없었다. 나는 밤낮으로 마부석에 앉아있다가 이따금씩 먹고 마실 것을 마차로 사다 나르는 것 말고 더는 할 일이 없었다. 화가들이 아무런 토를 달지 않았기 때문이다. 게다가 그들은 마치 햇빛이 그들을 찔러 죽이기나 하려는 것처럼 낮에는 마차의 문을 꼭 닫고 안에 처박혀 있었다. 다만 이따금 귀도 씨가 잘생긴 얼굴을 창밖으로 내밀고 나와 다정하게 이야기를 나누었다. 그리곤 그것을 견디지 못하고 매번 긴 대화에 화를 냈던 레온하르트 씨를 비웃기도 했다. 나는 몇 번인가 나의 주인 때문에 기분이 언짢아질 뻔했다. 한번은, 내가 별이 빛나는 아름다운 밤에 마부석에 앉아 바이올린을 켜기 시작했을 때였고, 나중에 또 한 번은 잠 때문이었다. 그런데 그것은 매우 놀랄 만한 일이기도 했다! 나는 정말 이탈리아를 제대로 세세히 구경하려는 마음으로 15분마다 눈을 크게 떴었다. 그러나 잠시 멍하니 앞을 바라보고 있자니 내 앞에서 16개의 말발굽이 그물망처럼 이리저리 위아래로 교차되어 혼란스럽게 헝클어지듯 움직이면서 나를 완전히 어지럽게 만들었다. 그래서 곧 눈이 다시 스르르 감기게 되었다. 결국 나는 속수무책으로 도저히 참아낼 수 없을 정도로 엄청나게 깊은 잠에 빠져들었다. 밤인지 낮인지, 비가 오는지 해가 비치는지, 티롤인지 이탈리아인지 상관할 바 아니었다. 나는 때로는 오른쪽으로 때로는 왼쪽으로, 때로는 마부석의 뒤쪽으로 기우뚱거리다 자빠졌고, 심지어, 가끔 머리를 아주 세게 바닥에 박아서 모자가 머리에서 날아가고 귀도 씨가 마차 안에서 고함을 지를 지경이었다.

    나도 모르는 사이에, 그들이 그곳을 롬바르데이[06]라고 부르는 이탈리아 땅을 한참 통과해 지나왔다. 그리하여 우리는 어느 아름다운 저녁 이 고장의 어느 한 음식점 앞에 멈춰 섰다. 우리 일행이 갈아탈 우편마차의 말들은 몇 시간 후에나 인접한 마을에서 주문되어 있었다. 그래서 화가들은 마차에서

---

06 Lombardei: 이탈리아 북부의 주 이름이며, 수도는 밀라노이다. 알프스산맥의 봉우리와 계곡으로 이루어져 있다. 이 지역은 작품에서 자연묘사의 배경 중 하나라 추정된다.

내려 특실로 안내되었다. 잠시 쉬면서 몇 통의 편지를 쓰기 위해서였다. 그러자 나는 아주 기분이 좋아 곧바로 식당으로 들어갔다. 마침내 제대로 휴식을 취하면서 편한 마음으로 먹고 마시기 위해서였다. 그곳은 꽤 무질서해 보였다. 여종업원들은 머리카락을 흩뜨린 채 이리저리 돌아다녔고, 풀어진 목스카프는 노란 피부 위에 단정치 못하게 걸쳐있었다. 푸른 상의를 입은 식당 종업원들은 둥근 식탁에 둘러앉아 저녁 식사를 하면서 이따금 내 쪽을 힐끔힐끔 쳐다보았다. 그들은 모두 짧고 숱이 많은 편발을 하고 있어서 마치 젊은 귀공자들처럼 고귀해 보였다. — 나는 마음속으로 '이제 너는 이곳에 왔구나'라고 생각하면서 계속 열심히 먹었다. '넌 이제 마침내 이곳에 왔구나. 이 나라에서 왔던 재밌는 사람들이 늘 우리 신부님께 쥐덫과 기압계와 그림들을 들고 왔었지. 사람이 집을 떠나오면 무엇이든 다 경험하지 못할 일이 뭐람!'

　식사하면서 그런 생각에 잠겨있을 때 지금까지 식당 어두운 구석에서 포도주를 마시며 앉아있던, 키가 작은 한 남자가 갑자기 거미처럼 구석에서 나오더니 나에게 다가왔다. 그는 매우 키가 작은 곱사등이였다. 머리는 엄청나게 컸으며, 기다란 로마풍의 매부리코에다 얼굴엔 빨간 콧수염이 성글게 나 있었다. 그리고 기름 바른 머리카락들은 폭풍이 지나간 것처럼 사방팔방으로 곤두서 있었다. 게다가 그는 낡은 구식 연미복과 플러시 천으로 만든 짧은 바지를 입고 있었으며, 거기에 아주 노랗게 바랜 비단 양말을 신고 있었다. 그는 한때 독일에 살았던 적이 있어서 자기가 독일어를 잘 이해한다는 것을 대단한 거로 생각했다. 그는 내게 다가와 앉더니, 줄곧 담배를 피워대면서 나에게 이것저것을 물어보았다. 내가 시종인지? 우리가 언제 도착했는지? 우리가 로마로 가는 건지? 등등. 그러나 나 자신이 그것에 대해 아무것도 알지 못했을 뿐만 아니라 이탈리아어와 독일어가 섞인 그의 횡설수설도 전혀 이해할 수 없었다. 마침내 나는 겁이 나서 그에게 말했다. "파를레 부 프랑세"[07] 그는 그 커다란 머리를 가로저었다. 그런데 그건 나에겐 매우 반가운 일이었다. 나도 프랑스어를 할 수 없었으니까 말이다. 그러나 그 모든 것이 아무 소용이 없었다. 그는 나를 표적으로 삼아 관찰하고서는 계속해서 묻고 또 물었다. 우리가 이야기를 많이 하면 할수록 우리는 상대방을 더욱더 이해하지 못했다. 결국 우리는 둘 다 이미 열을 받았다. 그래서 나는 이따금 이 남자가 매부리코로 나를 쪼려고 하는 것 같다는 생각이 들기도 했다. 우리의 혼란스러운 대화를 귀담아 듣던 여종업원들이 마침내 우리를 보고 웃음을 터뜨렸다. 그러나 나는 재빨리 칼과 포크를 내려놓고 문 쪽으로 걸어 나갔다. 독일말을 하는 나는 가끔 이 낯선 나라에서 수천 길 깊은 바닷속으로 빠지는 것 같았고, 온갖 이름 모를 벌레들이 외로

---

07 Parlez - vous français?(프랑스어 할 줄 알아요?)

운 내 주변을 맴돌며 바스락거리면서 나를 뚫어지게 쳐다보거나 나를 덥석 잡아챌 것 같은 느낌이 들었기 때문이었다.

밖은 따뜻한 여름밤이어서 산책하기에는 정말 안성맞춤이었다. 저 멀리 포도밭 언덕에서 포도 따는 사람의 노랫소리가 아직도 간간이 들려왔다. 이따금 멀리서 번갯불이 번쩍하면 온 산간이 달빛 속에 떨면서 소곤거리는 소리를 냈다. 그런가 하면, 이따금 그 집 앞에 있는 개암나무 덤불 뒤로 크고 검은 형상이 휙 지나가며 나뭇가지 사이로 엿보는 것 같았다. 그러다가 갑자기 모든 것이 다시 조용해졌다. ― 그때 막 귀도 씨가 음식점의 발코니에 나타났다. 그는 나를 보지 못하고서, 그가 분명 그 집에서 발견한 치터[08]를 매우 능숙하게 연주했다. 그리고 거기에 맞춰 밤꾀꼬리처럼 노래를 불렀다.

인간의 강한 욕망이여 침묵하라!
대지는 꿈속인 듯
온갖 나무들과 경이롭게 속삭이네,
내 마음도 거의 몰랐던
옛 시절, 잔잔한 슬픔,
가벼운 전율이
번갯불 번쩍이듯

---

08 Zither: 고대 그리스의 현악기

가슴을 스치네.

그가 노래를 더 많이 불렀는지는 모르겠다. 나는 너무나 피곤해서 그 집 대문 앞 벤치에 사지를 쭉 뻗고 후텁지근한 밤공기 속에 깊은 잠에 빠져버렸기 때문이다. 우편마차의 나팔 소리가 나를 깨웠을 때는 아마도 서너 시간 이탈리아 땅으로 들어갔던 것 같았다. 내가 완전히 정신이 들기 전에 나팔 소리는 오랫동안 나의 꿈길 속으로 흥겹게 울려대었다. 이윽고 나는 자리에서 벌떡 일어났다. 산허리에 벌써 날이 밝아오고 있었고, 서늘한 아침 공기가 온몸에 스며들었다. 그제야, 우리가 이 시간에 훨씬 더 멀리 가려고 했었다는 생각이 떠올랐다. 아하, 그렇지, 오늘은 내가 저들을 깨우고 웃길 차례지, 라고 나는 생각했다. 밖에서 내 소리를 들으면 잠이 덜 깬 고수머리 귀도 씨는 깜짝 놀라 어떤 모습으로 침대에서 벌떡 일어나 뛰쳐나올까. 그래서 나는 그 집 옆에 있는 작은 정원으로 들어가서 내 주인들이 묵고 있는 방의 창문 밑으로 바짝 다가갔다. 나는 동이 터오는 하늘을 향해 다시 한번 한껏 기지개를 켠 다음 즐거운 기분으로 노래했다.

후투티 새가 지저귀니
아침이 멀지 않구나,
아침 해가 떠오르면

잠은 더 꿀맛이겠지! ―

　창문은 열려있었지만, 위층은 모든 게 여전히 조용했다. 창문까지 뻗어 있는 포도 넝쿨 사이로 아직도 밤바람만 스며들어 오고 있었다. "아니, 이건 또 무슨 일인가?" 나는 너무나 놀라서 크게 소리치면서 집 안으로 들어가, 조용한 복도를 지나 방 쪽으로 다가갔다. 그 순간 내 가슴이 덜컥 내려앉았다. 방문을 열었을 때 방 안에 아무것도 없이 텅 비어있었고, 연미복도, 모자도, 장화도 없었기 때문이다. ― 귀도 씨가 어제 연주했던 치터만 벽에 걸려있을 뿐이었다. 방 한가운데 있는 식탁에는 돈이 가득 들어 있는 멋진 돈지갑이 놓여있었는데, 그 위에는 쪽지 한 장이 붙어 있었다. 나는 쪽지를 창가로 들고 가서는 내 눈을 의심하지 않을 수 없었다. 거기엔 실제로 커다란 글씨로 이렇게 적혀 있었다. '세관원님을 위하여!'
　그러나 다정하고 유쾌한 나의 주인들을 다시 찾지 못한다면 이 모든 것이 내게 무슨 소용이란 말인가? 나는 상의 주머니에 돈주머니를 깊숙이 밀어 넣었다. 그것은 마치 깊은 우물에 풍덩 빠져들어가는 것 같아서 내 몸을 뒤로 휘청거리게 할 정도였다. 그런 다음 나는 밖으로 뛰어나가서 법석을 떨면서 집 안의 모든 하인과 하녀들을 깨웠다. 그들은 내가 뭘 하려는 건지 전혀 몰랐기에 나를 미친놈이라고 생각했을 것이다. 그러나 그들은 위층의 텅 빈 방을 보자 적잖이 놀랐다. 내 주인들에 관해 뭔가 아는 사람은 아무도 없었다. 오직 그 하녀 — 내가 그녀의 표현과 몸짓을 근거로 이야기를 최대한 짜 맞추어 본 바에 의하면 — 하나만 뭔가 보았다는데, 이런 내용이었다. 귀도 씨가 어제저녁 발코니에서 노래를 부르다가 갑자기 소리를 꽥 지르더니 다른 신사가 있는 방으로 급히 뛰어 들어갔다. 그 후 그녀는 밤중에 한 번 잠이 깼을 때 밖에서 울리는 말발굽 소리를 들었다. 그녀는 방의 작은 창문을 통해 밖을 내다봤더니, 어제 나하고 많은 이야기를 나누었던 그 곱사등이가 백마를 타고 달 밝은 밤에 들판을 가로질러 질주하였다. 그가 말의 안장 위에서 몇 자 정도 높이 공중으로 날아가듯 말을 몰았기에 하녀는 성호를 그어야 했다. 그 모습이 세 발 달린 말을 타고 달리는 도깨비같이 보였기 때문이었다. — 그 말을 듣고 나는 이제 도무지 어떻게 해야 할지 몰랐다.

그러나 그사이 우리의 마차는 이미 오래전에 출발할 채비가 되어 있었고, 마부는 조급하게 목이 터져라 나팔을 불어댔다. 운행 시각이 계획표에 분초까지 모두 다 예정되어 있어 정해진 시간에 다음 역에 도착해야 하기 때문이었다. 나는 다시 한번 온 집을 돌아다니면서 화가들을 소리쳐 불렀으나 아무도 응답하지 않았다. 다만 그 집 사람들만 다 같이 달려 나와서 호기심 가득히 나를 뚫어지게 쳐다보았다. 마부는 욕을 해댔고 말들은 가쁜 숨을 몰아쉬었다. 마침내 나는 몹시 당황한 나머지 재빨리 마차에 뛰어올라 탔다. 그 집 하인이 내 뒤에서 마차의 문을 닫았고, 마부가 말을 채찍질했다. 그리하여 나는 다시 넓은 세상으로 계속 나아가게 되었다.

제5장

　우리는 이제 산과 계곡을 지나 밤낮없이 계속 달렸다. 나는 깊이 생각할 겨를이 전혀 없었다. 우리가 어딘가에 도착하면 말들이 벌써 떠날 채비를 하고 마차에 매어져 있었기 때문이다. 나는 사람들과 이야기할 수 없었다. 손짓 발짓까지 해도 아무 소용이 없었다. 음식점에서 가장 멋진 식사를 막 하려하는데 마부는 우편 나팔을 불어대곤 했다. 나는 나이프와 포크를 집어 던지고 급히 마차에 다시 올라타야 했다. 어디로 가는 건지, 그리고 무엇 때문에 이렇게 엄청난 속력으로 떠나야 하는지를 나는 도무지 알 수 없었다.

　그것 말고는 생활 방식이 그리 나쁘진 않았다. 나는 마치 안락의자인 양 마차의 이 구석 저 구석에 눕기도 하였고 새로운 사람들과 마을들을 알게 되었다. 여러 도시를 통과해서 달릴 때면 나는 마차의 창틀에 양팔을 괴고, 내 앞에서 공손하게 모자를 벗고 인사하는 사람들에게 감사를 표하거나, 전부터 잘 아는 사이인 것처럼 창가의 아가씨들에게 인사했다. 그러면 그들은 늘 그렇듯이 매우 놀라워하며 호기심에 찬 눈으로 한참이나 나를 바라보았다.

그러나 마침내 나는 깜짝 놀라고 말았다. 나는 내가 얻은 지갑 속의 돈을 한 번도 세어보지 않은 채 곳곳에서 마부들과 음식점 주인들에게 많은 돈을 지불해야만 했었다. 그러다 보니 졸지에 지갑이 텅 비어버렸다. 처음엔 마차가 한적한 숲으로 접어들자 재빨리 마차에서 뛰어내려 도망칠 생각을 했었다. 그러다가도, 별일 없는 한 세상 끝까지 계속 갈 수도 있을 이 멋진 마차를 이렇게 홀로 떠나보내는 것도 유감이라고 생각했다.

그러던 중 내가 온갖 생각에 잠겨 어찌해야 할 바를 모르고 앉아있던 참이었는데, 갑자기 마차가 국도에서 벗어나 옆길로 들어서는 것이었다. 나는 마차 밖으로 고개를 내밀고 마부를 향해 소리쳤다. "도대체 어디로 가는 거요?" 내가 무슨 말을 하든 말든 마부는 아랑곳하지 않고 줄곧 "시, 시, 시뇨레!"[09]라고 말할 뿐이었다. 그는 계속 모든 방해물에 개의치 않고 저돌적으로 마차를 몰았기 때문에 내 몸은 마차 안에서 이 구석 저 구석으로 내던져졌다.

그런 건 내가 알 바 아니었다. 마차가 마침 아름다운 석양의 풍경 속으로 달리고 있었기 때문이다. 마치 빛과 불꽃의 바

---

09 Si, Si, Signore!(이탈리아어): 네, 네, 선생님!

다로 들어가는 것 같았다. 그러나 우리가 방향을 바꿔 지나온 저편에는 벌써 어두워진 협곡 사이에 황량한 산맥이 가로놓여 있었다. ― 계속 달리면 달릴수록 주위는 더 황량하고 더 적막해졌다. 마침내 구름 뒤로 달이 떠올라 갑자기 매우 환하게 나무와 암벽들 사이로 비쳐들었다. 그것을 바라보니 몹시 섬뜩한 기분이 들었다. 우리는 돌투성이의 좁은 협곡 안을 천천히 달릴 수밖에 없었다. 계속 단조롭게 딸가닥거리는 마차의 말발굽 소리가 암벽에 부딪치더니 밤의 적막 속으로 멀리 울려 퍼졌다. 마치 우리가 거대한 묘혈 속으로 들어가는 것 같았다. 보이지는 않았지만, 수많은 폭포에서 끊임없이 떨어지는 물소리가 숲속 깊은 곳에서 들릴 뿐이었다. 올빼미들은 멀리서 줄곧 외쳐대었다. "같이 가요! 같이 가요!" 하고. ― 그때, 이제서야 보니 제복도 안 입고 우편배달부도 아니었던 마부가 여러 번 초조하게 주위를 두리번거리더니 더 빨리 달리기 시작한다는 생각이 들었다. 그런데 내가 마차 밖으로 몸을 내민 바로 그때 갑자기 숲속에서 말을 탄 한 사람이 튀어나왔다. 그는 우리 마차의 바로 앞길을 가로질러 질주하더니 즉시 다른 쪽 숲속으로 다시 사라져버렸다. 나는 깜짝 놀랐다. 내가 밝은 달빛에서 알아볼 수 있던바, 백마 탄 그 기사는 음식점에서 나한테 계속 집적대던 매부리코, 바로 그 키 작은 곱사등이였기 때문이다. 마부는 머리를 가로저었고 그 어리석은 기사의 태도를 보고 크게 웃었다. 그러고 나서 재빨리 내게 몸을 돌리더니 유감스럽게도 내가 하나도 알아들을 수 없는 많은 말을 열심히 지껄여대었다. 그러더니 그는 전보다 더 빨리 계속해서 달려 나갔다.

그러나 곧이어 멀리서 불빛 하나가 비치는 것을 보았을 때 나는 기뻤다. 점점 더 많은 불빛이 나타났으며, 그 불빛들은 점점 더 커지고 밝아졌다. 마침내 우리는 연기에 그을린 누추한 오두막집 몇 채를 지나갔다. 그 집들은 마치 암벽에 매달린 제비집 같았다. 밤의 기온이 따뜻했기 때문에 문들은 열려 있어 나는 집 안에서 환하게 불 켜진 방들과 온갖 너절한 건달들을 볼 수 있었다. 그들은 어두운 그림자처럼 난롯불 주위에 웅크리고 둘러앉아 있었다. 그러나 우리의 마차는 밤의 적막을 뚫고 딸그락딸그락 요란한 소리를 내며 계속 달리다가 높은 산 위로 연결되는 자갈길로 접어들었다. 때로는 높은 나무들과 늘어진 관목들이 협곡을 온통 뒤덮기도 했고, 또 때로는 갑자기 하늘 전체가 보이기도 했다. 그리고 저 아래 깊숙한 곳에 산과 숲과 계곡으로 된 넓고 고요한 둥근 지형을 조망할 수 있었다. 산꼭대기에는 많은 탑이 있는 크고 오래된 성이 아주 환한 달빛을 받으며 솟아 있었다. — "자, 그럼 모두 잘 있기를!" 나는 큰소리로 외쳤다. 이 친구들이 마지막에 나를 어디로 데려다줄까, 하는 기대감 속에서 나는 내심 기분이 좋아졌다.

족히 반 시간쯤 걸렸을까, 마침내 우리는 산 위의 성문 앞에 도착했다. 성문은 위쪽이 이미 완전히 허물어진 넓고 둥근

탑 안으로 나 있었다. 마부가 채찍을 세 번 내리치자 그 소리가 고성 안으로 멀리 울려 퍼졌다. 놀란 까마귀 떼들이 갑자기 모든 창문과 갈라진 틈새에서 쏟아져 나와 요란한 소리를 지르며 하늘을 이리저리 날았다. 곧이어 마차는 성채로 통하는 길고 어두운 길로 굴러 들어갔다. 말발굽이 포석(鋪石)에 부딪쳐 불꽃을 튕겼고, 커다란 개 한 마리가 짖어대는 가운데 마차는 굉음을 내며 아치를 이룬 벽들 사이로 달렸다. 그사이에 까마귀들은 여전히 울어대었다. — 우리는 이렇듯 엄청난 소동을 피우며 좁지만 잘 포장된 성의 뜰 안으로 들어갔다.

마차가 멈춰 섰을 때 나는 혼자 생각했다. 참 희한한 역이로군! 마차의 문이 밖에서부터 열리더니, 조그만 등불을 든 늙고 키 큰 남자가 진한 눈썹 아래로 언짢은 표정을 지으며 나를 쳐다봤다. 그러더니 그는 귀한 손님에게 하듯 내 겨드랑이를 잡으면서 마차에서 내리는 나를 도와주었다. 바깥 집 문 앞에는 검은색 저고리와 치마를 입은 늙고, 아주 못생긴 여자 하나가 서 있었다. 그녀는 하얀 앞치마를 두르고 검은 두건을 쓰고 있었는데, 두건의 긴 끈이 코까지 늘어져 있었다. 그녀는 한쪽 허리춤에 커다란 열쇠뭉치를 매달고 있었고, 손에는 불이 켜진 밀초 두 개가 들어 있는 고풍스러운 촛대를 들고 있었다. 그녀는 나를 보자마자 무릎을 구부리고 정중히 절하기 시작하였고, 두서없이 이것저것 여러 가지 질문을 하는 등 말이 많았다. 그러나 나는 그녀가 한 말을 하나도 이해할 수 없었으며 한 발을 뒤로 빼면서 그녀 앞에서 계속 절을 했다. 그런데 사실 나는 매우 께름직한 기분이 들었다.

그사이 그 늙은이는 마차의 구석구석을 등불로 비춰보더니 어디에서도 트렁크나 그 외에 다른 짐짝이 하나도 보이질 않자 뭐라고 투덜거리며 머리를 가로저었다. 그러자 마부는 나에게 팁을 요구하지도 않고 마당 옆에 이미 열려 있는 헛간으로 마차를 몰아넣었다. 그러나 노파는 갖가지 몸짓을 하며 내게 자기를 따라오라고 정중하게 청했다. 그녀는 밀초 등불을 들고 길고 좁은 복도를 지나 작은 돌계단 위로 나를 안내했다. 우리가 부엌 옆을 지나갔을 때 몇몇 젊은 하녀들이 반쯤 열려 있는 문으로 머리를 내밀고, 평생 한 번도 남자를 본 적이 없는 것처럼 호기심에 찬 표정으로 나를 빤히 쳐다보고 서로 눈짓하며 은밀하게 고개를 끄덕이기도 했다. 이윽고 노파가 위층에서 방문 하나를 열었을 때, 나는 우선 정말로 어안이 벙벙하였다. 그것은 천장에 여러 금빛 장식이 되어 있는 크고 아름답고 기품있는 방이었기 때문이다. 그뿐 아니라 벽에는 온갖 인물들과 커다란 꽃들이 그려진 멋진 그림들이 걸려 있었다. 방 한가운데는 구운 고기, 케이크, 샐러드, 과일, 포도주와 달콤한 과자가 놓인 식탁이 차려져 있어서 보는 이의 마음을 즐겁게 했다. 두 개의 창문 사이에는 엄청나게 큰 거울이 바닥에서 천정까지 걸려있었다.

솔직히 말해서 그 방은 무척 내 마음에 들었다. 나는 서너

번 기지개를 켠 다음 큰 걸음으로 우아하게 방 안을 왔다 갔다 했다. 그러자 나는 이렇게 큰 거울에 나를 한번 비춰보고 싶은 욕구를 억제할 수 없었다. 그렇다. 레온하르트 씨가 준 새 옷들은 정말로 내게 멋지게 잘 어울렸다. 또한 이탈리아에 와서 나는 어느 정도 불타오르는 정열적인 눈을 갖게 되었지만, 그밖에는 고향 집에 있을 때처럼 아직도 애송이 소년에 지나지 않았다. 다만 윗입술에 겨우 몇 올의 솜털이 나 있는 정도였다.

그동안 노파는 이빨 없는 입을 계속 오물거리고 있었다. 그 모양이 영락없이 마치 길게 늘어진 코끝을 씹고 있는 것처럼 보였다. 그런 다음 그녀는 나에게 앉으라고 권했고 마른 손가락으로 내 턱을 쓰다듬으며 나를 보고 "포베리노"[10]라고 했다. 이때 그녀는 한쪽 입언저리가 볼의 절반까지 치켜 올라갈 만큼 장난기 어린 표정을 지으며 충혈된 눈으로 나를 쳐다보았다. 그러더니 마침내 무릎을 구부리며 정중히 절하고 문밖으로 나갔다.

나는 차려놓은 식탁에 가서 앉았다. 그사이 젊고 예쁜 하녀 하나가 내가 식사하는데 시중을 들려고 들어왔다. 나는 그녀와 온갖 재미있는 대화를 엮어보려 시도했지만, 그녀는 내 말을 이해하지 못했고 아주 신기한 듯 계속 나를 곁눈질하며

---

10   poverino(이탈리아어): 불쌍한 녀석.

쳐다보았다. 내가 음식 맛이 좋아서 아주 맛있게 먹고 있었기 때문이다. 배부르게 먹고 나서 다시 일어서자 하녀는 식탁 위에서 등불 하나를 들더니 나를 다른 방으로 안내했다. 그 방엔 소파와 작은 거울, 그리고 초록 비단으로 만든 커튼이 드리워진 멋진 침대가 있었다. 나는 몸짓으로 침대에 누워봐도 되냐고 그녀에게 물었다. 그녀는 고개를 끄덕이며 독일어로 "야"[11]라고 말하긴 했지만 드러누울 수가 없었다. 그녀가 못 박힌 듯 꼼짝하지 않고 내 옆에 서 있었기 때문이다. 이윽고 나는 식탁이 차려진 방으로 가서 포도주를 큰 잔 가득 따라 들고 와서 그녀에게 이탈리아어로 "펠리치시마 노테!"[12]라고 큰 소리로 말했다. 나는 이미 그 정도의 이탈리아어는 배웠기 때문이다. 그러나 내가 단숨에 잔을 비우자 그녀는 갑자기 참았던 웃음을 터뜨리고 얼굴이 새빨개져 식탁이 있는 방으로 들어가더니 자기 뒤로 문을 닫아버렸다. '그게 뭐 웃을 일인가?' 하고 나는 무척 의아하게 생각했다. 나는 이탈리아사람들이 모두 정신이 이상하다는 생각이 들었다.

나는 마부가 곧 다시 나팔을 불기 시작하지 않을까 줄곧 걱정이 되었다. 나는 창가에 귀를 기울여보았으나 밖에는 모든 게 다 조용했다. 불려면 불라지! 라고 생각하고, 나는 옷을 벗

---

11   Ja(독일어): 예, 네.

12   felicissima notte(이탈리아어): glücklichste Nacht(무척 행복한 밤이에요.)

고 멋진 침대 속으로 들어가 누웠다. 그 기분은 마치 우유와 꿀 속에서 수영하는 것과 다를 바 없었다. 마당의 오래된 보리수 나무가 창문 앞에서 바람에 살랑거리고, 이따금 까마귀 한 마리가 갑자기 지붕에서 날아 뛰어올랐다. 그러는 중에 나는 마침내 아주 유쾌한 기분으로 잠이 들었다.

제6장

내가 다시 잠에서 깨어났을 때는 벌써 이른 아침햇살이 내 머리 위 초록색 커튼에 아롱거리고 있었다. 나는 내가 어디에 있는 건지 도무지 기억할 수 없었다. 나는 마치 아직도 계속 마차를 타고 가는 느낌이었고, 달빛 아래 빛나는 성과 늙은 마녀, 그리고 그녀의 창백한 어린 딸에 대해 꿈을 꾼 것만 같았다.

이윽고 나는 재빨리 침대를 박차고 일어나 옷을 입으면서 방 안의 사방을 둘러보았다. 그때 나는 어제는 전혀 보지 못했던 작은 쪽문이 있다는 걸 알게 되었다. 그 문은 꼭 닫혀 있지 않아서 열어봤더니, 아침햇살을 받아 매우 아늑해 보이는 작고 예쁜 방이 눈에 들어왔다. 의자 위에는 여자의 옷가지들이 아무렇게나 내던져 걸쳐있었으며, 그 옆 침대에는 어제저녁 식탁에서 나를 시중들던 그 아가씨가 누워있었다. 그녀는 아직도 몹시 편히 자고 있었으며 맨살의 하얀 팔 위에 머리를 올려놓고 있었다. 그 팔 위로 그녀의 곱슬곱슬한 검은 머리카락이 흘러내렸다. "문이 열려 있다는 걸 그녀가 알면 어쩌나!" 나는 혼잣말을 하면서 내 침실로 돌아와서 내 등 뒤에서 다시 문을 닫고 빗장을 걸었다. 아가씨가 잠에서 깨어나면 놀라거나 부끄러워하지 않도록.

밖에서는 아직 아무런 소리도 들리지 않았다. 다만 일찍 일어난 작은 산새 한 마리가, 담벼락에서 자라나 내 창문 앞에 서 있는 작은 덤불 위에 앉아 벌써 아침 노래를 부르고 있었다. 나는 말했다. "안 돼. 네가 나를 부끄럽게 만들어선 안 돼. 너 혼자 그렇게 일찍 일어나 열심히 하느님을 찬미하고 있다니!" — 나는 재빨리 어제 책상 위에 놓아두었던 바이올린을 들고 밖으로 나갔다. 성안의 모든 것은 아직 쥐 죽은 듯 조용했다. 어두운 복도를 지나 집 밖 환한 길로 나오기까지는 한참이나 걸렸다.

성 앞으로 나오자 나는 커다란 정원에 들어서게 되었다. 그 정원에 있는 넓은 테라스 모양의 층계는 점점 더 아래로 내려가더니 산의 중턱에까지 이르렀다. 그런데 그것은 황량한 정원이었다. 정원의 통로들은 모두 키가 큰 풀로 뒤덮여 있었고, 인위적으로 만들어 놓은 회양목 형상들은 잘리지 않은 채, 마치 긴 코에 팔꿈치 높이의 뾰족한 모자를 쓴 유령처럼 하늘 높이 뻗어 있었다. 어스름 새벽에 그 모양을 보니 실로 겁이 날 만한 정도였다. 물이 말라버린 분수 위의 몇몇 깨진 조형물 위에는 심지어 빨래가 걸려있었고, 정원 한가운데 여기저기에

배추가 심어져 있기도 했다. 몇몇 평범한 꽃들도 좀 보였는데, 모두 뒤죽박죽되어 정돈되지 않은 채 크게 자란 야생 잡초로 뒤덮여 있었다. 그사이로 다채로운 색깔의 도마뱀들이 꿈틀거리며 기어 다니고 있었다. 그러나 키가 큰 고목들 사이로 고적한 전경이 도처에 넓게 트여있었으며, 시야가 미치는 저 멀리까지 연이어 산봉우리들이 겹겹이 이어져 있었다.

    나는 새벽녘에 잠시 이 황량한 공원을 이리저리 돌아다니다가 저 아래 테라스에서 두건이 달린 기다란 갈색 외투를 입은, 키가 크고 마른 창백한 젊은이를 보았다. 그는 팔짱을 끼고 큰 걸음으로 왔다 갔다 하고 있었다. 그는 나를 보지 못한 척하고는 돌 벤치에 앉더니 주머니에서 책을 꺼내 마치 설교하듯 매우 큰 소리로 읽었다. 그러면서 이따금 하늘을 쳐다보다가 다시금 몹시 우울한 표정으로 오른손에 머리를 괴기도 하였다. 나는 그를 오랫동안 쳐다보았다. 이윽고 나는 그가 대체 왜 그렇게 이상한 찡그린 표정을 짓고 있는지 궁금해져 재빨리 그에게 다가갔다. 그는 막 깊은 한숨을 내쉬다가 내가 다가서자 깜짝 놀라서 자리에서 벌떡 일어섰다. 그는 무척 난감해했고, 나도 마찬가지였다. 우리는 둘 다 무슨 말을 해야 할지 몰라 연신 서로 인사만 주고받았다. 그러다가 그는 마침내 큰 걸음으로 재빨리 숲속으로 사라져버렸다. 그러는 사이 해는 숲 위로 떠 올랐다. 나는 벤치 위로 뛰어 올라가서 흥에 겨워 바이올린을 켰다. 그 소리는 저 멀리 고요한 골짜기 아래로 울려 퍼졌다. 진즉부터 불안한 마음으로 온 성을 뒤지며 아침밥을 먹으라고 나를 찾고 있었던 열쇠 꾸러미를 든 노파가 내 위쪽 테라스에 나타났다. 그녀는 내가 그렇게 멋지게 바이올린을 연주할 수 있다는 사실에 놀라워했다. 성에서 일하는 그 늙고 까다로운 남자도 나타나더니 마찬가지로 놀라워했다. 마침내 하녀들까지도 오게 되어, 테라스 위의 모든 사람이 잔뜩 놀라워하며 멈춰 서 있었다. 나는 점점 더 기교를 부려, 점점 더 민첩하게 손가락을 놀리고 활을 그어대면서 카덴차와 변주곡들을 연주했다. 나는 마침내 완전히 녹초가 되었다.

그런데 성에서 아주 기이한 일이 생겨버린 것이다! 즉 아무도 여행을 계속할 생각을 하지 않았다. 게다가 이 성은 음식점이 아니었고, 내가 하녀에게서 들은 바로는, 성은 어느 부유한 백작의 소유였던 것이다. 백작의 이름이 무엇이며, 어디에 사느냐고 이따금 늙은 여자에게 물을 때마다, 내가 성에 온 첫날 저녁때처럼 그녀는 그저 비실비실 웃기만 했다. 그리고 그녀는 눈을 꼭 감거나 제정신이 아닌 것처럼 내게 교활한 눈짓을 보내기도 했다. 어느 더운 날 내가 포도주 한 병을 다 마셔버리자 하녀들은 또 한 병을 갖다주면서 키득거렸다. 언젠가는 파이프에 담을 입담배를 요구하면서 손짓 발짓으로 내가 원하는 바를 표현하자 모두 제정신이 아닌 듯 큰 소리로 웃어댔다. ― 내가 가장 의아하게 생각한 것은, 자주, 그것도 항상 칠흑같이 어두운 밤에 나의 창문 아래에서 들리는 세레나데이었다. 그것은 누군가 기타에 실어 보내는, 늘 간헐적으로만 들려오는 아주 나지막한 음조의 소리였다. 한번은 이때 아래쪽에서 "쉿, 쉿!"하는 소리가 위로 들려오는 것 같았다. 그래서 나는 재빨리 침대에서 일어나 머리를 창밖으로 내밀고 아래쪽을 향하여 소리쳤다. "여보세요! 여보세요! 거기 밖에 있는 분 누구세요?" 그러나 아무도 대답하는 사람이 없었다. 다만 뭔가 덤불을 헤치고 매우 빨리 달아나는 소리를 들었을 뿐이었다. 마당에 있던 커다란 개가 내가 낸 소음 탓에 몇 번 짖어대더니, 모든 것이 갑자기 다시 조용해졌다. 그 이후로 세레나데는 다시 들리지 않았다.

그것을 제외하고는, 나는 인간이라면 이 세상에서 항상 소망할 만한 그런 삶을 이곳에서 살고 있었다. 그 맘씨 좋은 문지기 같으니라고! 이탈리아에서는 건포도가 저절로 입으로 굴러들어온다고 항상 입버릇처럼 말하곤 했던 것이 사실이라는 걸 그는 분명 알고 있었던 것이야. 나는 고적한 성에서 마법에 걸린 왕자처럼 살았다. 사람들은 내가 어디를 가든 내 앞에서 대단한 경의를 표했다. 내가 주머니에 한 푼도 가진 게 없다는 것을 다들 알고 있으면서도. 나는 그저 "밥상을 차리시오!"라고 말만 하면 어느새 쌀밥과 포도주, 멜론과 파르메산 치즈 등 훌륭한 식사가 차려져 있었다. 나는 음식을 맛있게 먹었고, 천개(天蓋)가 달린 호화로운 멋진 침대에서 잠을 잤고, 정원에서 산책했으며, 음악을 연주했고. 가끔 정원 일을 돕기도 하였다. 나는 자주 높이 자란 정원의 풀밭에 몇 시간이고 누워있기도 했다. 그럴 때면 그 날씬한 청년은 (그는 학생이었고 노파의 친척이었는데, 지금 방학을 맞아 여기에 와 있었다.) 모자 달린 긴 외투를 입고 커다란 원을 그리며 내 주위를 빙빙 돌면서 마술사처럼 자기 책에서 뭐라고 중얼거렸다. 그럴 때마다 나는 그 소리를 듣다가 잠이 들곤 했다. ─ 그렇게 하루하루가 지나갔고, 마침내 나는 잘 먹고 마시며 살다 보니 몹시 우울해지기 시작했다. 오랜 무위도식으로 정말로 사지의 모든 관절이 흐물흐물해져, 나는 게으름 때문에 몸이 완전히 부서질 것 같은 느낌이었다.

그즈음 나는 언젠가 어느 무더운 오후에 산비탈에 있는 키 큰 나무의 우듬지에 앉아, 나뭇가지 위에서 조용하고 깊은 골짜기를 내려다보며 천천히 이리저리 몸을 흔들었다. 벌들이 나뭇잎 사이에서 내 주위를 윙윙거리며 맴돌고 있을 뿐, 주위의 모든 것은 쥐 죽은 듯 고요했다. 산간에는 한 사람도 보이지 않았고, 저 아래 깊숙이 펼쳐진 고요한 숲속의 초원에서는 소들이 높게 자란 풀밭에서 쉬고 있었다. 그런데 아주 멀리서부터 우편마차의 나팔 소리가 숲의 우듬지를 넘어 울려 왔다. 그 소리는 때로는 들릴락 말락 하다가, 때로는 곧 다시 더 맑고 더 분명하게 들리기도 했다. 이때 불현듯 내 마음에 옛날 노래 하나가 떠올랐다. 그것은 내가 고향 집 아버지의 물레방앗간에 있을 때 방랑 중인 한 직공에게서 배운 노래였다. 나는 그 노래를 불렀다.

낯선 곳으로 여행하려는 자는,
사랑하는 사람과 가야 할지니.
다른 사람들은 환호하며 즐거워하지만
이방인을 외롭게 홀로 둔다네.

너희는 아느냐, 검은 나무숲들아,
아름다운 옛 시절을?
아, 저 산 너머 고향은,
여기서 보니 멀기도 하구나!

별들을 바라보길 참 좋아했지,
그녀에게 갈 때마다 별들이 반짝였어,
밤꾀꼬리 노랫소리 즐겨 들었지,
그녀의 문 앞에서 노래했지.

아침은 나의 기쁨!
고요한 시간에 나는
높은 산에 올라 저 먼 곳으로,
그대 독일에 뜨거운 인사를 보내노라!

우편마차의 나팔 소리가 멀리서 내 노래에 장단을 맞춰주려고 하는 것 같았다. 내가 노래 부르는 동안 마차는 산굽이를 돌아 점점 더 가까이 다가왔다. 마침내 나는 위쪽 성안의 마당에서도 그 소리를 들을 수 있었다. 나는 재빨리 나무에서 뛰어내렸다. 그때 어느새 노파가 풀어헤친 우편물 상자를 들고 성에서부터 나를 향해 달려오고 있었다. 그녀는 "여기 당신에게 온 것도 있어요."라고 말하며 상자에서 작고 예쁜 편지 한 장을 꺼내서 내게 건네주었다. 발신인이 없는 편지였는데, 나는 급히 겉봉을 뜯었다. 그때 내 얼굴은 갑자기 한 송이 작약처럼 완전히 빨개졌다. 가슴이 몹시 심하게 뛰어서 노파가 그걸 알아차릴 정도였다. 필적으로 보아 그 편지는 — 나의 아름다운 여인에게서 온 것이었기 때문이다. 나는 이전에 세관장 사무실에서 그녀의 메모를 여러 번 본 적이 있었다. 그녀는 편지에 아주 간단하게 썼다. "모든 것이 다시 잘 되었어요. 모든 장애는 제거되었어요. 은밀한 기회를 이용해서 당신에게 맨 먼저 이 기쁜 소식을 전합니다. 어서 오세요. 서둘러서 돌아오세요. 이곳은 정말 삭막해요. 당신이 우리를 떠나신 후 저는 더 이상 살 수 없을 것 같아요. 아우렐리 드림."

편지를 읽고 황홀함과 놀라움과 말할 수 없는 기쁨으로 나는 눈이 휘둥그레졌다. 역겨운 표정을 지으며 나를 보며 싱긋이 웃고 있는 노파 보기가 창피해서, 나는 정원의 가장 한적한 구석으로 재빨리 달아났다. 거기 개암나무 덤불 아래 풀밭에 몸을 던지고는 다시 한번 편지를 읽었다. 편지에 쓰여 있는 내용을 외워서 혼자 되뇌어 보고 나서 편지를 다시 읽고 또 읽었다. 햇빛이 나뭇잎 사이로 글자 위를 비춰서 글자들은 황금색, 담녹색, 빨간색의 꽃잎처럼 내 눈앞에서 아롱거렸다. 나는 생각했다. 그렇다면 그녀는 결국 전혀 결혼한 적이 없었단 말인가? 그때의 그 낯선 장교는 그녀의 오빠였나? 아니면 이제 남편이 죽었거나, 아니면 내가 미쳤거나, 그것도 아니면 — "그런 건 다 아무래도 좋아!" 나는 마침내 그렇게 소리치며 자리에서 벌떡 일어났다. "이제 분명한 건 그녀가 나를 사랑하고 있다는 거야! 그녀가 나를 사랑하고 있어!"

내가 관목 숲속에서 다시 기어 나왔을 때 해는 저물어 가고 있었다. 하늘은 붉게 물들었고, 온 숲에서 새들이 즐겁게 노래하고 있었다. 골짜기마다 은은한 빛으로 가득했지만, 내 마음은 수천수만 배 더 황홀하고 즐거웠다.

나는 오늘 저녁 식사를 정원으로 내다 달라고 성안을 향해 소리쳤다. 노파와 그 까다로운 노인네와 하녀들, 그들 모두 밖으로 나와서 나와 함께 나무 아래에 차려진 식탁에 앉을 수밖에 없었다. 나는 바이올린을 꺼내서 연주하였고, 그사이 사이에 먹고 마셨다. 그러자 모두 기분이 좋아졌다. 노인네는 얼굴의 보기 싫은 주름살을 펴고 연방 건배의 술잔을 들었다. 노파는 뭔지 모를 말을 끊임없이 지껄여댔다. 하녀들은 잔디밭에서 어울려 춤을 추기 시작했다. 마지막엔 얼굴이 창백한 그

대학생도 호기심에 찬 표정으로 나타났다. 그는 약간 경멸적인 눈빛으로 그 광경을 바라보더니 아주 고고한 자세로 다시 자리를 뜨려고 했다. 그러나 나는 망설이지 않고 재빠르게 자리에서 벌떡 일어나 순식간에 그의 긴 외투 자락을 붙잡았다. 그리고 그와 함께 열심히 춤을 추었다. 그는 꽤 우아하게 신식 춤을 추려고 애썼다. 그는 매우 부지런하고 기교적으로 스텝을 밟느라 얼굴에서 구슬땀이 흘렀고 긴 외투 자락은 수레바퀴처럼 우리 주위를 빙빙 돌며 펄럭였다. 그런데 그는 춤을 추면서 이따금 휘둥그레진 눈으로 아주 이상하게 나를 쳐다봤다. 그래서 나는 그가 매우 두려워지기 시작하여 갑자기 그에게서 몸을 떼어버렸다.

이제 노파는 편지에 뭐가 쓰여 있는지, 도대체 왜 내가 오늘 갑자기 그렇게 기분이 좋아졌는지 무척 알고 싶어 했다. 그러나 그 이유를 그녀에게 자세히 설명하기에는 사연이 너무나 장황했다. 나는 그때 우리 머리 위 창공을 높이 날고 있는 몇몇 두루미를 가리키며 그냥 이렇게 말했다. "나도 이제 떠나야 할 것 같아요. 계속해서 저 멀리 낯선 곳으로요." ― 그러자 노파는 메마른 눈을 크게 뜨더니 마치 바실리스크 도마뱀[13]처럼 한 번은 나를 쳐다보다가, 또 한 번은 노인을 쳐다보았다.

---

13 Basilisk: 쳐다보거나 입김을 부는 것만으로도 사람을 주일 수 있다는, 뱀과 같이 생긴 전설상의 괴물.

그러고 나서 나는 내가 딴 데로 몸을 돌릴 때마다 두 사람이 은밀히 머리를 맞대고 아주 열심히 서로 얘기하면서 이따금 내 옆쪽을 흘금흘금 쳐다본다는 것을 눈치챘다.

그것이 내겐 이상하게 보였다. 나는 혹시 그들이 내게 무슨 짓을 하려는 게 아닐는지 곰곰이 생각해보았다. 그러던 중 나는 점점 말수가 적어졌다. 해가 저문 지도 이미 오래되어서 나는 모두에게 밤 인사를 하고 생각에 잠긴 채 내 방으로 올라갔다.

나는 마음속으로 기쁘기도 하고 불안하기도 해서 방 안에서 한참이나 이리저리 왔다 갔다 했다. 밖에서는 바람이 짙은 검은 먹구름들을 성탑 위로 흘려보내고 있었다. 칠흑 같은 어둠 속에서 가장 가까이에 있는 산봉우리조차도 볼 수 없었다. 그때 아래쪽 정원에서 사람들의 목소리가 들리는 것 같았다. 나는 등불을 끄고 창가에 다가섰다. 목소리들은 점점 더 가까이 들리는 것 같았지만, 그들은 아주 나지막한 소리로 서로 이야기하고 있었다. 그중 한 사람이 외투 아래 들고 있던 작은 등불이 갑자기 긴 빛을 내쏘았다. 그러자 나는 그들이 깐깐한 성지기와 집사인 노파라는 걸 알게 되었다. 불빛은 노파의 얼굴과 그녀가 손에 들고 있는 긴 칼 위에 비쳤다. 그녀의 얼굴이 지금처럼 그렇게 흉측하다고 생각해 본 적이 없었다. 이때 나는 그 두 사람이 내 방의 창문을 올려다보고 있었다는 것을 알 수 있었다. 그러더니 집사장은 자기 외투를 다시 더 단단히 여졌다. 그리고 곧 사방이 다시 깜깜하고 고요해졌다.

　나는 혼자 생각했다. 이 밤늦은 시간에 저들은 바깥 정원에서 무엇을 하려는 걸까? 나는 몸이 오싹해졌다. 순간 머릿속에 내가 평생 들었던 갖가지 살인 이야기가 떠올랐기 때문이다. 사람의 심장을 빼먹으려고 살인을 한다는 마녀와 도둑들에 관한 이야기들 말이다. 내가 한참 이런 생각을 하고 있는데 사람들의 발걸음 소리가 들렸다. 처음엔 계단 위로 올라왔고, 다음엔 긴 복도를 아주 조용히 걸어오더니 내 방문 쪽으로 조용히 다가왔다. 그때 이따금 사람들이 비밀스럽게 서로 속삭이는 목소리가 들리는 것 같았다. 나는 재빨리 방의 다른 쪽 끝에 있는 커다란 책상 뒤로 달려갔다. 뭔가 움직이기만 하면 즉시 내 앞의 책상을 들어 올려서 있는 힘을 다해 문 쪽으로 돌진하려고 했던 것이다. 그러나 내가 어둠 속에서 의자 하나를 넘어뜨려서 엄청나게 요란한 소리가 났다. 그러자 밖은 갑자기 쥐 죽은 듯 조용해졌다. 나는 책상 뒤에서 엿들으며 마치 눈으로 문을 꿰뚫으려는 것처럼 계속 문쪽을 응시하였더니 정말로 눈알이 머리 위로 튀어나올 것 같았다. 내가 잠시 동안 벽에 파리가 기어가는 소리가 들릴 정도로 다시 조용히 하고 있으려니까 누군가 밖에서 아주 살며시 열쇠 구멍에 열쇠를 꽂는 소리가 들렸다. 그래서 내가 막 탁자를 들고 돌진하려는 찰나 그 사람이 문에서 천천히 세 번 열쇠를 돌리더니, 그것을 조심스럽게 빼내고 나서 복도를 지나 천천히 계단을 내려가는 소리가 났다.

　나는 이제 숨을 깊이 내쉬었다. 나는 이렇게 생각했다. 오호라, 내가 깊이 잠들면 자기들이 편해지려고 저들이 너를 가둬 놨구나. 나는 재빨리 문을 살펴보았다. 내 생각이 맞았다. 문은 굳게 잠겨있었다. 예쁘고 얼굴이 창백한 그 하녀가 잠자고 있는 다른 쪽 방문도 마찬가지로 잠겨있었다. 내가 이 성에서 사는 동안 그런 일은 아직 한 번도 없었다.

　나는 이제 낯선 땅에서 갇힌 몸이 되었구나! 지금쯤 그 아름다운 여인은 창가에 서서 고요한 정원 너머로 국도 쪽을 내다보고 있겠지. 혹시 내가 바이올린을 켜며 세관 옆을 지나오고 있지 않나 하고. 구름은 빠르게 창공으로 흘러가고, 시간은 지나가는데 ― 나는 이곳을 떠날 수가 없구나! 아, 내 마음은 몹시 아팠다. 나는 어떻게 해야 좋을지 더는 알 수가 없었다. 그러고 있는데 밖에서 나뭇잎이 바람에 살랑거리거나 들쥐가 땅바닥을 긁어 댈 때면 마치 노파가 비밀 벽 문으로 몰래 들어와서 엿보고 있다가 긴 칼을 들고 살금살금 방으로 들어오는 것만 같았다.

　그렇게 근심에 가득 차서 침대 위에 앉아있는데, 오랜만에 갑자기 나의 창문 아래서 또다시 세레나데가 들려왔다. 기타의 첫 음을 들었을 때 돌연 한 줄기 아침햇살이 내 영혼으로 비치는 것 같았다. 나는 창문을 열어젖히고, 조용히 아래쪽을 향해 내가 깨어있다고 말했다. 그러자 아래쪽에서 대답이 들려왔다. "쉿, 쉿!". 나는 이제 오랫동안 생각할 것도 없이 편지와 바이올린을 챙겨서 날렵하게 창문을 뛰어넘었다. 그리고 담벼락의 틈에서 자란 관목을 두 손으로 붙잡고 낡고 부서진 담장을 타고 아래로 기어 내려갔다. 그러나 썩은 기와 몇 장이 부스러지는 바람에 내 몸이 점점 더 빠른 속도로 미끄러져 마침내 두 발로 쿵 하고 땅을 딛게 되었다. 그 충격으로 내 골통에서 삐걱거리는 소리가 날 정도였다.

이런 식으로 아래 정원에 발을 내려놓자마자 누군가가 나를 매우 격렬하게 끌어안아서 나는 크게 소리를 내지르고 말았다. 그러나 그 선량한 친구는 손가락으로 재빨리 내 입을 막더니 내 손을 잡고 덤불숲 밖의 빈터로 나를 데리고 나왔다. 거기서 나는 그가, 넓은 비단 줄에 매단 기타를 목에 걸고 있던 그 착하고 키 큰 대학생이란 걸 알아보고 놀랐다. ― 나는 그에게 황급히 내가 정원에서 빠져나가려 했다고 설명했다. 그러나 그는 그 모든 것을 이미 오래전에 알고 있는 것 같았으며 온갖 은밀한 우회로를 이용해서 정원의 높은 담벼락에 있는 아래쪽 성문으로 나를 데리고 갔다. 그러나 그 성문 역시 굳게 닫혀 있는 게 아닌가! 하지만 그 학생은 이미 이런 경우도 미리 생각해 두었던 터여서 커다란 열쇠를 꺼내서 자물통에 꽂아 조심스럽게 문을 열었다.

우리가 숲으로 나왔을 때 내가 인근 시내로 가는 가장 좋은 길을 그에게 막 물어보려고 하자 그는 갑자기 내 앞에 무릎을 꿇더니 한 손을 허공으로 높이 치켜들었다. 그러더니 뭐라고 욕을 하기도 하고 무슨 주문을 외우기 시작했는데, 듣기에 섬뜩할 정도였다. 나는 그가 무얼 하려는 건지 전혀 알 수 없었다. 끊임없이 들리는 말은 오직 신(idio), 가슴(cuore), 사랑(amore), 열광(furore) 같은 단어들이었다! 그러나 그가 마지막엔 두 무릎을 꿇은 채 미끄러지듯 빨리 점점 더 가까이 나에게 다가오자 나는 갑자기 몸이 아주 오싹해졌다. 나는 그가 틀림없이 미쳤다고 생각하고, 뒤도 돌아다보지 않고 수목이 울창한 숲속으로 뛰어 들어갔다.

그러자 그 대학생이 내 뒤에 대고 미친 듯이 외치는 소리가 들렸다. 곧이어 성에서부터 또 다른 거친 목소리가 거기에 가세하여 응수했다. 나는 그들이 아마 나를 찾고 있을 거로 생각했다. 낯선 길인데다 칠흑같이 어두운 밤이어서 나는 쉽게 그들의 손에 잡힐 수도 있었다. 그래서 나는 더 좋은 기회를 기다리기 위해서 높은 전나무 꼭대기로 올라갔다.

나무꼭대기에서 나는 성에서 하나둘씩 잠에서 깨어난 사람들의 소리를 들을 수 있었다. 위쪽에서 내풍등[14]이 몇 개 나타나더니 오래된 성벽을 넘어 저 멀리 산에서부터 어두운 밤 속으로 살벌하게 붉은빛을 비추었다. 나는 사랑하는 신에게 나의 영혼을 맡겼다. 그 요란한 소음이 점점 더 커지고, 점점

---

14 바람에 쉽게 꺼지지 않는 등.

더 가까이 다가왔기 때문이다. 마침내 횃불을 든 대학생이 바람결에 외투 자락을 넓게 펄럭이며 내가 올라와 있는 나무 아래로 빨리 지나갔다. 그런 다음 그들은 모두 점차 산의 다른 쪽으로 방향을 돌리는 것 같았고, 사람들의 목소리도 점점 더 멀리 들렸다. 다시금 바람 소리가 고요한 숲속에 살랑대었다. 나는 재빨리 나무에서 내려와 숨 쉴 새도 없이 계속 어두운 밤의 골짜기로 내달렸다.

제7장

　나는 밤낮으로 빠른 속도로 계속 걸었다. 마치 그들이 큰 소리를 지르면서 산 저편에서부터 횃불과 긴 칼을 들고 아직도 여전히 내 뒤를 쫓아오는 것 같은 소리가 오랫동안 내 귓전에서 윙윙거리며 들렸기 때문이다. 길을 가는 도중에 나는 로마에서 겨우 몇 마일밖에 떨어져 있지 않다는 것을 알게 되었다. 나는 놀랄 정도로 매우 기뻤다. 나는 고향에서 이미 어릴 적에 멋진 로마에 관해 놀라운 이야기들을 많이 들었기 때문이다. 일요일 오후 물레방앗간 앞 풀밭에 누워있는데 주위의 모든 것이 아주 고요할 때면, 로마가 내 위로 흘러가는 구름 같은 것이라고 상상했다. 기이한 산들과 푸른 바닷가의 절벽, 황금빛 옷을 입은 천사들이 노래하고 황금빛 성문과 반짝이는 높은 탑들이 있는 로마를. ― 이미 오래전에 또다시 밤이 찾아들었다. 달빛도 환하게 비치고 있을 그때 나는 마침내 숲에서 나와 언덕 위에 올라서서 갑자기 저 멀리 내 앞에 나타난 그 도시를 보았다. ― 바다는 멀리서 밝게 빛났고, 하늘엔 무수히 많은 별들이 찬란하게 반짝이고 있었다. 그런 하늘 아래에, 긴 안개 자락만을 알아볼 수 있는 성스러운 도시가 고요한 대지 위에 잠들어 있는 한 마리 사자처럼 누워있었다. 그 옆에는 산들이 그 사자를 지키는 검은 거인들처럼 서 있었다.

나는 먼저 넓고 한적한 들판에 도달하였다. 그곳은 무덤 속처럼 어둡고 고요했다. 다만 여기저기 허물어진 옛 성벽의 잔해라든가, 말라비틀어져 묘하게 비비 꼬인 관목이 서 있을 뿐이었다. 이따금 밤꾀꼬리들이 파드득거리며 하늘을 날아다녔고, 길고 어두운 내 그림자는 쓸쓸하게 줄곧 내 옆에 붙어 다녔다. 사람들은 말한다. 이곳에 태곳적 도시와 비너스 신이 묻혀있고, 옛 이교도들이 때때로 그들의 무덤에서 나와 고요한 밤에 황야를 거닐다가 나그네들을 당혹스럽게 한다고. 그러나 나는 계속해서 곧장 걸어갔고, 아무것도 걸리적거릴 게 없었다. 도시가 점점 더 뚜렷하고 화려하게 내 앞에 솟아올랐기 때문이다. 그리고 높은 성곽과 성문들과 황금빛 둥근 지붕들은 밝은 달빛 속에서 화려하게 빛나고 있었다. 마치 금빛 옷을 입은 천사들이 실제로 성의 흉벽(胸壁) 위에 서서 고요한 밤 내내 내가 있는 곳을 향해 노래를 부르고 있는 것 같았다.

마침내 나는 먼저 작은 집들을 지나 웅장한 성문을 통해서 그 유명한 도시 로마로 들어갔다. 달빛은 대낮처럼 궁궐 사이를 비추고 있었지만, 거리는 이미 모두 비어있었다. 다만 어쩌다 가끔씩 날씨가 따뜻한 밤에는 부랑자 같은 놈이 죽은 사람처럼 대리석 건물의 문지방에 누워 자고 있었다. 그때 조용한 광장의 분수에서는 물 흐르는 소리가 들렸으며, 길가의 정원들은 그사이에 바람에 살랑거리면서 대기를 신선한 향기로 가득 채웠다.

그렇게 계속해서 어슬렁거리며 걸어가고 있을 때, 그리고 기쁜 마음과 달빛과 기분 좋은 향기에 취해 도무지 어디로 가야할지 모르고 있을 때, 어느 정원의 깊숙한 곳에서 기타 소리가 들려왔다. 그러자 나는 생각했다. 맙소사, 긴 외투를 입은 그 미친 대학생이 몰래 내 뒤를 쫓아온 거로구나! 그런데다가 정원에서 어떤 여인이 지극히 사랑스럽게 노래를 부르기 시작한 것이었다. 나는 완전히 마법에 걸린 듯 멈춰 서 있었다. 그것은 바로 그 아름답고 고귀한 여인의 목소리였고, 그 노래는 그녀가 집에서 창문을 열어놓고 부르곤 했던 바로 그 이탈리아 노래였기 때문이다.

그 순간 갑자기 아름다운 옛 시절의 추억이 너무도 강하게 내 가슴에 다가와서 슬피 울고 싶을 정도였다. 이른 아침 성 앞의 그 고요한 정원, 그리고 관목 뒤에 숨어서 내가 그토록 행복했던 일이. 그놈의 멍청한 파리가 내 콧구멍으로 날아 들어가기 전까지는 말이다. 나는 더 이상 참을 수가 없었다. 나는 황금빛 장식을 한 격자문 위로 기어 올라가서 노랫소리가 들려오는 정원으로 잽싸게 뛰어내렸다. 그때 나는 멀리 포플러나무 뒤에 서 있는 하얀 날씬한 형상을 보았다. 내가 격자문 위로 기어 올라가자 그녀는 처음엔 놀라서 나를 바라보았다. 다음 순간 그녀는 갑자기 어두운 정원을 지나 너무나 빨리 집 쪽으로 달아나버려서 달빛 속에서 종종걸음으로 걸어가는 그녀의 모습을 거의 볼 수 없었다. "바로 그 여자였어!" 나는 큰소리로 외쳤고, 너무 기뻐 가슴이 뛰었다. 나는 그 작고 재빠른 걸음걸이를 보고 그녀임을 다시 금세 알아차렸던 것이다. 다만 언짢았던 점은 정원의 문에서 뛰어내릴 때 오른쪽 발목을 약간 접질렸다는 것이었다. 그래서 그녀를 따라 집 쪽으로 갈 수 있기도 전에 처음 몇 번은 절룩거릴 수밖에 없었다. 그런데 그사이에 사람들이 문과 창문을 꽉 닫아버렸다. 나는 아주 조심스럽게 문을 두드렸고, 귀를 기울여보다가 또다시 문을 두드렸다. 그때 집 안에서 나지막하게 속삭이는 소리와 키득거리며 웃는 소리가 들리는 것 같았다. 그뿐만 아니라 어떤 때는 블라인드 사이로 영롱한 두 눈이 달빛에 빛나는 것 같기도 했다. 그러고 나서 갑자기 모든 것이 다시 고요해졌다

내가 바로 여기 있다는 걸 그녀가 모르고 있을 뿐이라고 나는 생각했다. 그래서 나는 늘 가지고 다니는 바이올린을 꺼내 들고 그 집 앞길을 왔다 갔다 거닐었다. 그러다가 바이올린을 연주하면서 아름다운 여인에 대한 노래를 불렀고, 그 당시 아름다운 여름밤에 성의 정원이나 세관 앞 벤치에 앉아 연주했던 모든 노래를 아주 기쁜 마음으로 연주했다. 노래는 멀리 성의 창문 안까지 울려 퍼졌다. — 그러나 그 모든 것이 아무 소

용이 없었다. 온 집안에서는 아무도 미동도 하지 않았던 것이다. 나는 마침내 우울한 기분에 바이올린을 집어넣고 현관문 앞 문지방에 드러누워 버렸다. 오랜 행군으로 매우 피곤했기 때문이다. 밤공기는 따뜻했고, 집 앞 화단에서는 그윽한 향기가 풍겼으며, 저 아래 정원의 분수는 그사이 계속해서 찰싹찰싹 물을 뿜어대었다. 담청색 꽃들을 그리고 샘물이 콸콸 소리를 내고 개울물이 흐르고 다채로운 새들이 멋지게 노래하는 아름다운 진녹색의 한적한 골짜기를 꿈꾸다가, 나는 마침내 깊은 잠에 빠져들었다.

잠에서 깨어났을 때 아침 공기가 온몸에 스며들었다. 새들이 벌써 깨어나서, 마치 나를 조롱하려는 듯, 나무 위에서 내 주위를 맴돌며 지저귀고 있었다. 나는 급히 벌떡 일어나서 사방을 둘러보았다. 정원의 분수는 여전히 쇄쇄 소리를 내며 물을 뿜어대었다. 집 안에서는 아무 소리도 들리지 않았다. 나는 초록색 블라인드 사이로 어떤 방을 들여다보았다. 거기엔 소파와 회색 아마포를 덮은 커다란 둥근 테이블이 있었고, 의자들은 모두 질서정연하게 배열되어 사방 벽에 고정되어 세워져 있었다. 그러나 모든 창문의 블라인드가 바깥쪽으로 내려져 있어서 이미 오래전부터 이 집 안에 아무도 살지 않은 듯했다. ― 그때 이 한적한 집과 정원과 어제 보았던 하얀 형상에 대한 커다란 두려움이 나를 엄습했다. 나는 더는 뒤돌아보지 않고 조용한 정자들과 샛길을 지나 다시 정원의 문 위로 재빨리 기어 올라갔다. 그러나 나는 그 높은 격자문에서 돌연 아름다운 도시를 내려다보고서는 마법에 걸린 듯 그 자리에 주저앉고 말았다. 저 멀리 집들의 지붕 위로, 그리고 길고 조용한 거리에 아침 햇살이 반짝이며 빛나고 있었다. 나는 크게 환호성을 지를 수밖에 없었고 너무 기뻐서 길바닥 위로 뛰어내렸다.

그러나 이 크고 낯선 도시에서 나는 어디로 가야만 한단 말인가? 또한 혼란스러웠던 지난밤과 어제 들었던 아름답고 고귀한 여인의 이탈리아 노래가 아직도 여전히 내 머릿속을 이리저리 맴돌고 있었다. 나는 마침내 쓸쓸한 광장 한가운데에 있는, 돌로 만든 분숫가에 걸터앉아 맑은 물로 눈을 씻고 정신을 차려 노래를 불렀다.

이 몸이 새라면 알 수 있으련만
무슨 노래를 부를지.
두 날개가 있다면
알 수 있으련만 어디로 날아갈 것인지!

"어이, 재밌는 친구, 이른 아침 햇살을 받으며 종달새처럼 노래하고 있구먼!" 내가 노래하는 동안 갑자기 분수대로 다가온 한 젊은 남자가 내게 말했다. 미처 예기치 못한 독일어로 말하는 것을 듣자니 마치 조용한 일요일 아침에 고향 마을의 종소리가 갑자기 내 마음속으로 울려 오는 것 같은 기분이 들었다. "아이고, 반가워요, 고향분이군요!" 나는 큰 소리로 말하고 너무 기쁜 나머지 석조 분수대에서 뛰어내렸다. 젊은 남자는 미소를 지으며 나를 위아래로 훑어보았다. 이윽고 그가 물었다. "근데 당신은 대체 이곳 로마에서 뭘 하고 있는 거요?" 이제 나는 선뜻 뭐라고 말해야 할지 몰랐다. 내가 방금 아름답고 고귀한 여인의 뒤를 따라오는 중이라는 것을 그에게 말하고 싶지 않아서였다. "혼자 세상 구경을 좀 하려고 돌아다니고 있는데요."라고 나는 대꾸했다. ― 젊은 남자는 "그렇군요!"라고 말하더니 큰 소리로 웃었다. "그럼 우리는 똑같은 처지로군요. 나도 세상을 보고 나중에 그것을 그림으로 표현하려고 이렇게 돌아다니는 중이라오." ― "그럼 화가시군요!" 나는 기뻐하며 소리쳤다. 이때 레온하르트 씨와 귀도 씨가 생각났기 때문이다. 그러나 그 남자는 내가 말할 틈을 주지 않았다. 그가 말했다. "내 생각은 이래요, 우리 집에서 같이 아침 식사를 하는 겁니다. 그런 다음 난 당신 초상화를 그려보고 싶소. 그건 내겐 즐거운 일이 될 것이오!" ― 나는 그의 제안을 기꺼이 받아들였고 화가와 함께 텅 빈 거리를 걸어갔다. 그제야 거리 곳곳에서 아주 가끔 몇 개의 창 덧문이 열렸으며, 때로는 몇몇 사람들이 하얀 팔을 창밖으로 내뻗었고, 때로는 잠이 덜 깬 사람이 신선한 아침 공기 속으로 얼굴을 내밀기도 했다.

그는 어수선하고 좁고 어두운 수많은 골목길로 이리저리

나를 오랫동안 끌고 다녔다. 그러던 중 마침내 낡고 오래된, 연기에 그을린 집 안으로 들어가게 되었다. 거기서 우리는 어두운 계단을 올라갔고, 마치 하늘로 올라가려는 듯이 다시 또 하나의 계단을 올라갔다. 우리는 이제 지붕 아래에 있는 방문 앞에 멈춰 섰다. 화가는 매우 민첩하게 앞뒤 모든 주머니를 뒤지기 시작했다. 그러나 그는 오늘 새벽에 문을 잠그는 것을 잊어버렸고 열쇠를 방에 두고 왔었다. 집으로 오는 도중에 그가 내게 이야기한 바로는, 그는 이 지역의 해돋이를 구경하려고 날이 새기도 전에 교외로 나갔었다고 한다. 그는 그저 머리를 가로저으면서 발로 문을 열어젖혔다.

그것은 아주 기다란 큰 방이었다. 방바닥에 온갖 물건이 가득 차지 않았다면 방 안에서 춤을 출 수 있을 정도로 컸다. 그러나 방바닥에는 장화, 종이, 옷, 넘어진 물감통 등 모든 것이 뒤죽박죽 널려있었다. 방 한가운데에는 (과수원에서) 배를 딸 때 사용하는 커다란 삼각대들이 서 있었고, 커다란 그림들이 벽에 빙 둘러 기대어져 있었다. 긴 목재 식탁 위에는 접시가 하나 있었다. 접시 위, 물감의 얼룩 자국 옆에 빵과 버터가 놓여있었다. 그 옆에 포도주도 한 병 있었다.

"자, 우선 먹고 마십시다, 고향 친구!" 화가는 나에게 큰 소리로 말했다. ─ 그러잖아도 나는 즉시 빵 몇 개에 버터를 바르려고 했는데, 이번엔 또 나이프가 없었다. 우리는 처음엔 오랫동안 탁자 위에 널려있는 종이 속을 바스락 소리를 내며 이리저리 뒤지다가 마침내 커다란 상자 밑에서 나이프를 찾아냈다. 그런 다음 화가가 창문을 열어젖히니 신선한 아침 공기가 기분 좋게 온 방으로 밀려들어 왔다. 도시를 훨씬 넘어서 산속까지 들여다보이는 멋진 경치가 펼쳐졌다. 그곳엔 아침 햇살이 하얀 시골집들과 경사진 포도밭들을 유쾌하게 비추고 있었다. "저 산 뒤에 있는 시원하고 푸른 우리 독일 만세!" 화가가 그렇게 외치면서 술잔 없이 포도주병을 대고 술을 마신 다음 내게 술병을 건네주었다. 나는 그의 축배에 정중하게 답례하고 멀리 아름다운 고향에 마음속으로 수천 번 인사를 보냈다.

그사이 화가는 아주 큰 종이가 고정되어 올려져 있는 목제 삼각대를 창문 가까이 끌어다 놓았다. 종이 위에는 다만 굵고 검은 선으로 낡은 오두막집 한 채가 제법 능숙한 솜씨로 그려져 있었다. 그 안에는 성모마리아가 지극히 아름답고, 기쁨에 찬, 하지만 매우 우수에 찬 표정으로 앉아있었다. 그녀의 발아래 짚으로 된 작은 침상 위에는 매우 다정하지만, 표정이 진지하고 눈이 커다란 아기 예수가 누워있었다. ─ 열려 있는 오두막집의 바깥 문지방에는 목동 두 명이 지팡이와 보따리를 들고 무릎을 꿇고 있었다. 화가가 말했다. "이보게, 저기 한 목동에게 자네의 머리를 얹혀줄 거야. 그러면 자네의 얼굴도 조금은 사람들에게 알려지겠지. 그리고 우리 두 사람도 어느새 죽어서 땅에 묻혀 스스로 저렇게 조용하고 기쁜 마음으로 성모마리아와 그분의 아드님 앞에서 그림 속 저 행복한 소년들처럼 무릎을 꿇고 앉아있으면, 사람들이 그걸 보고 기뻐하길 바라네."

그리고 나서 화가는 낡은 의자 하나를 잡았다. 그러나 그가 의자를 들어 올리려 하자 등받이 부분 절반이 그의 손에 남아있었다. 그는 다시 분리된 의자를 재빨리 짜 맞추어 삼각대 앞으로 밀어 놓았다. 나는 이제 의자에 앉아서 얼굴을 약간 옆으로 돌려 화가 쪽으로 향하고 있어야 했다. ― 나는 움직이지 않고 그렇게 몇 분 동안 아주 조용히 앉아있었다. 그러나 나는 결국 도저히 견딜 수 없었던지, 때로는 여기가 근질근질, 때로는 저기가 근질근질했다. 또한 내 바로 맞은편에는 반쯤 깨진 거울이 걸려있었는데, 나는 줄곧 거울을 들여다볼 수밖에 없었다. 그가 그림을 그리는 동안 나는 지루한 나머지 온갖 얼굴 표정을 지어 보이기도 하고 상을 찌푸리기도 했다. 그것을 알아챈 화가는 마침내 크게 웃더니 손짓으로 다시 일어서라는 신호를 나에게 보냈다. 목동의 몸에 그려진 내 얼굴도 이미 완성되었다. 그것은 분명하게 그려져서 정말 나 같아 보여서 나 자신도 매우 흡족했다.

그는 이제 신선한 아침 공기를 마시며 계속해서 열심히 그림을 그렸다. 그림을 그리면서 그는 노래를 부르기도 하고 이따금 열려 있는 창문을 통해 아름다운 바깥 경치를 내다보기도 했다. 그러나 나는 그동안 버터 빵 한 쪽을 더 잘라 들고는 즐겁게 방 안을 왔다 갔다 하면서 벽에 걸려 있는 그림들을 구경했다. 그중에서 그림 두 개가 아주 특별히 내 마음에 들었다. 나는 화가에게 물었다. "이 그림들도 당신이 그린 건가요?" "천만에!", 그가 대답했다. "그것들은 그 유명한 대가들 레오나르도 다빈치와 귀도 레니의 작품이라네. ― 그러나 자네는 그들에 대해 아무것도 모를걸!" ― 나는 그의 마지막 말에 화가 났다. 나는 아주 태연하게 대답했다. "오, 나는 그 두 대가를 내 주머니 속만큼이나 잘 알지요." 그러자 그는 두 눈을 크게 뜨고 급히 "어떻게?"라고 물었다. 나는 말했다. "나는 밤낮으로 그들과 함께 여행했었지요. 말을 타기도 하고, 걷기도 하고 마차를 타고 가다가 내 모자가 바람에 윙윙 소리가 날 정도로 말입니다. 그러다가 그 두 사람을 선술집에서 잃어버려 나 혼자 그들이 마련한 특별 우편마차를 타고 계속 달렸지요. 마치 폭탄 실은 마차가 두 바퀴로 끔찍이도 험한 돌길 위를 무서운 속력으로 계속 달리듯 말입니다. 그리고" ―"오호! 오호!" 화가는 내 말을 중단시키고, 나를 미친 사람이라 생각하는 듯 나를 빤히 쳐다보았다. 그러더니 그는 갑자기 폭소를 터뜨렸다.

"아", 그가 소리쳤다. "이제야 알겠네. 자네는 귀도와 레온하르트라고 불리는 두 화가와 여행한 적이 있지?" 내가 그렇다고 대답하자 그는 재빨리 일어나더니 다시 한번 위에서 아래까지 아주 자세히 나를 훑어보았다. 그가 말했다. "결국 내 생각이 맞는 것 같군. 아마 자넨 바이올린도 켜지?" 내가 윗옷의 주머니를 두드리자 주머니 안에 있는 바이올린이 소리를 냈다. 화가가 대꾸했다. "그렇다면 정말이구먼. 이곳에 독일에서 온 백작 부인이 있었는데, 그녀는 로마의 구석구석을 뒤지면서 두 화가와 바이올린을 들고 다니는 젊은 악사를 찾았다네." — "독일에서 온 젊은 백작 부인이라고요?" 나는 몹시 기뻐서 크게 소리쳤다. "집사장도 함께 있었나요?" — "나는 모든 걸 다 알지는 못한다네." 화가가 대답했다. "나는 그녀의 여자친구 집에서 그녀를 몇 번 봤을 뿐이네. 그 여자친구도 이 도시에 살고 있지 않아서 말이야. — 자네는 그 백작 부인을 알고 있나?" 그는 한쪽 구석에서 갑자기 커다란 그림에 씌운 아마포 덮개를 높이 걷어 올리면서 말을 계속했다. 그때 마치 누군가 어두운 방에서 덧문을 열어젖혀 아침햇살이 갑자기 두 눈 위로 비치는 것 같은 느낌이 들었다. 그녀가 바로 — 그 아름답고 고귀한 여인이었던 것이다! — 그녀는 검은 우단 옷을 입고 정원에 서 있었다. 그녀는 한쪽 손으로 얼굴에 드리운 베일을 들어 올리더니 조용히, 그리고 다정하게 멀리 아름다운 풍경을 바라보고 있었다. 내가 오래 들여다보면 볼수록 그곳이 더욱더 성의 정원인 것 같은 생각이 들었다. 꽃들과 나뭇가지들이 조용히 바람에 흔들리는 것 같고, 저 아래 깊은 골짜기에서 내가 머물던 세관 건물과 수풀 사이로 뻗어 있는 국도와 다뉴브강과 멀리 있는 푸른 산들을 보고 있는 것 같았다.

"그 여자야. 바로 그 여자야!" 나는 마침내 소리를 지르고,

재빨리 모자를 집어 들고 문밖으로 나와서 그 많은 계단을 뛰어 내려갔다. 그랬더니, 놀란 화가가 내 뒤에서 외치는 소리만 들릴 뿐이었다. 저녁 무렵엔 돌아오라고, 그러면 우리는 더 많은 사실을 알게 될 수도 있을 거라고!

제8장

　나는 엄청나게 빠른 속도로 시내를 가로질러 달렸다. 어제 저녁 그 아름다운 여인이 노래했던 저택의 정원에 즉시 내 모습을 다시 보이기 위해서였다. 그사이 거리엔 모든 것이 활기 넘쳤고, 신사 숙녀들은 햇빛을 받고 오가며 고개를 숙여 다양한 모습으로 인사를 나누었다. 화려한 마차들이 그들 사이를 달리고 있었고, 모든 종탑에서 미사를 알리는 종소리가 혼잡한 거리를 넘어 맑은 공기 속에 뒤섞여 아름답게 울려 퍼졌다. 나는 기쁜 마음과 거리의 소란 때문에 술에 취한 것처럼 들뜬 마음으로 계속해서 앞으로 달리다 보니 결국 내가 어디에 서 있는지 더 이상 알 수 없었다. 꼭 마법에 걸린 기분이었다. 마치 분수가 있는 고요한 광장과 정원과 집이 한낱 꿈이었으며, 날이 밝자 모든 것이 다시 지상에서 사라져 버린 것 같았다.
　나는 광장의 이름을 몰랐기 때문에 물어볼 수도 없었다. 마침내 날씨도 매우 무더워지기 시작했고, 햇빛은 정말 타는 듯 이글대는 화살처럼 포도 위로 쏟아져 내렸다. 사람들은 집 안으로 기어 들어갔고, 집집마다 다시 블라인드가 내려져, 갑자기 온 거리가 죽은 듯 고요해졌다. 나는 결국 완전히 절망한 상태로 어느 아름답고 큰 저택 앞에 몸을 내던졌다. 집 앞에 기둥으로 받쳐진 발코니가 넓은 그늘을 드리워주었다. 나는 밝은 대낮인데도 갑작스러운 적막 속에 아주 무서워 보이는 고요한 도시를 관찰하기도 하고, 또 때로는 구름 한 점 없는 새파란 하늘을 바라보기도 했다. 그러다가 몹시 피곤한 나머지 마침내 잠이 들었다. 그때 나는 꿈을 꾸었다. 나는 고향 마을 한적한 푸른 초원 위에 누워있었는데, 한 줄기 따뜻한 여름비가 뿌리더니 방금 산 뒤로 넘어간 태양에 반사되어 반짝였다. 빗방울이 잔디 위에 쏟아지자 그것은 전부 아름답고 다채로운 꽃들로 변해 나는 완전히 그 속에 파묻혀버렸다.

그런데 잠에서 깨어나 실제로 아름답고 싱싱한 수많은 꽃이 내 몸 위와 옆에 널려있는 것을 보고 내가 얼마나 놀랐던지! 나는 벌떡 일어났다. 그러나 나는 특별한 것은 어떤 것도 알아볼 수 없었다. 다만 그 집 안에 내 머리 위 맨 위쪽 창문 하나가 향긋한 관목과 꽃들로 가득 뒤덮여 있었고, 그 뒤에서 앵무새 한 마리가 끊임없이 지저귀고 꽥꽥거리고 있었다는 것 외에는. 나는 이제 흩어져 있는 꽃들을 주워 모아서, 그것들을 묶어 꽃다발을 만들어 앞의 단춧구멍에 꽂았다. 그러고 나서 나는 앵무새와 조금 논쟁하기 시작했다. 앵무새가 금빛 새장 안에서 온갖 표정을 다 지으며 위아래로 오르내릴 때마다 어설프게 커다란 엄지발가락을 밟는 모습이 재밌어보였기 때문이다. 그런데 생각보다 빨리 앵무새가 나에게 이탈리아어로 "푸르판떼"[15]라고 욕을 해댔다. 비록 그게 분별없는 동물이긴 했지만 나는 화가 났다. 나도 녀석에게 욕을 하다 보니 마침내 우리는 둘 다 열이 받치고 말았다. 내가 독일어로 욕을 더 많이 하면 할수록 그 녀석도 이탈리아어로 더 많은 욕을 내게 퍼부어댔다.

갑자기 내 뒤에서 누군가 웃는 소리가 들렸다. 나는 재빨리 몸을 돌려 뒤를 돌아다보았다. 그 사람은 오늘 아침에 만난 화가였다. "또 무슨 바보짓을 하는 건가!" 그가 말했다. "나는 벌써 삼십 분이나 자네를 기다리고 있다네. 공기도 다시 서늘해졌으니 교외에 있는 정원으로 가보세나. 거기 가면 고향 사람들 몇 명을 만날 수 있을 걸세. 그리고 그 독일 백작 부인에 대해 좀 더 자세한 소식을 듣게 될지도 모르지."

나는 그 말을 듣고 무척 기뻤다. 우리는 즉시 산책길에 나섰다. 아직도 여전히 내 뒤에서 앵무새가 욕하는 소리를 들으면서.

우리는 교외로 나와서 시골집들과 포도밭 사이로 난 좁은 돌길을 한참 올라 온 후 높은 언덕 위에 있는 작은 정원에 이르렀다. 그곳엔 몇 명의 젊은 남녀가 푸른 잔디에 놓인 둥근 탁

---

15 furfante(이탈리아어): 부랑자.

자에 둘러 앉아있었다. 우리가 안으로 들어서자마자 모두 우리 쪽을 향해 조용히 하라는 신호를 보내더니 정원의 다른 한쪽을 가리켰다. 그곳에는 무성한 초록색 수목으로 뒤덮인 커다란 정자에 아름다운 여인 둘이 한 탁자에 서로 마주 앉아있었다. 한 여자는 노래를 부르고 있었고, 또 한 여자는 노래에 맞춰 기타를 쳐주고 있었다. 두 여인 사이 탁자 뒤에서 다정하게 보이는 한 남자가 서서 작은 막대기로 이따금씩 박자를 맞추고 있었다. 이때 저녁 햇살이 포도나무 잎 사이로 들어와 정자 안의 탁자에 마련되어 있는 포도주병과 과일 위로, 때로는 기타 치는 여인의 통통하고 둥글고 눈부시게 하얀 어깨 위를 비쳤다. 또 한 여인은 황홀경에 빠진 듯, 목에 심줄이 부풀어 오를 정도로 아주 엄청난 기교를 부려가며 이탈리아어로 노래를 불렀다.

    그 여자가 시선을 하늘로 향한 채 긴 카덴차를 막 끝냈고, 그녀 옆의 남자가 지휘봉을 들어 올리며 그녀가 다시 리듬을 찾아 시작할 순간을 기다리고 있어서, 정원 안에 있던 사람 중 어느 누구도 감히 숨을 쉬지 못하던 참이었다. 바로 그때 갑자기 정원의 문이 활짝 열리더니, 몹시 흥분한 한 아가씨와 잘생긴, 창백한 얼굴의 청년이 매우 시끄럽게 싸우면서 그녀 뒤에서 뛰어 들어왔다. 여가수가 이미 긴 트릴[전음(顫音)]을 돌연 중단하고 화가 나서 일어섰음에도 불구하고 놀란 지휘자는 지휘봉을 높이 들어 올린 채 화석이 된 마술사처럼 멈춰 서 있었다. 나머지 다른 사람들도 모두 몹시 화가 나서 아가씨를 뒤따라 들어온 청년에게 호통을 쳤다. "야만인 같으니라고!" 둥근 탁자에 앉아있던 한 사람이 청년을 향해 소리쳤다. "네놈이, 1814년 가을 베를린 미술 전시회에 출품되었던 훔멜의 지극히 아름다운 그림에 대해, 작고한 호프만이 1816년도 여성용 포켓북 347쪽에서 묘사한 그 아름답고 의미심장한 장면을 연출하는 중에 뛰어든단 말인가!"[16] — 그러나 그런 말도 죄다 아무 소용이 없었다. "아, 그까짓 것 뭐!"라고 청년이 대꾸했다. "당신들은 극적인 장면, 극적인 장면 하고 떠드는군요! 내가 직접 그린 그림은 다른 사람들을 위한 것이지만, 나의 여자는 나 혼자만의 것이란 말이오! 그러니 난 이 계집애를 차지해야겠소! 오, 이 못 믿을 계집애, 이 거짓말쟁이!" 그러고 나서 그는 또다시 그 불쌍한 아가씨를 계속 다그쳤다. "이, 못된 것, 너는 미술작품 속에서는 오직 은빛만을 찾고, 문학작품 속에서는 사랑하는 사람을 찾는 게 아니라, 오직 황금 실만을 찾으며 순전히 보석만을 가지려는 게야! 이제부터 나는 네가 정직한 그림쟁이 대신에 다이아몬드가 가득한 돈주머니를 코에 걸치고, 대머리에는 빛나는 은장식을 달고, 몇 올 남지 않은 머리털엔 금장식을 하고 있는 늙은 공작이나 찾아보길 바

---

16 훔멜(Johann Erdmann Hummel(1769~1852))의 〈이탈리아 로칸다Locanda에서의 사교모임〉 그림을 일컫는다. 1816년도 여성용 포켓북에 발표된 호프만(E.T.A. Hoffmann)의 단편 〈늘임표Fermate〉의 시작 부분에 묘사되어 있다.

란다! 조금 전 내 앞에서 감춘 흉악한 종이쪽지나 어서 내놔 봐! 또 무슨 짓을 꾸민 거야? 그거 누구에게서 받은 것이지, 아니면 누구에게 줄 거야?"

그러나 아가씨는 완강하게 저항하였다. 다른 사람들이 몹시 화가 난 청년을 에워싸고 큰 소란을 피우며 열심히 그를 위로하고 그의 마음을 진정시키려 하면 할수록 그는 그 소동으로 인해 더욱더 흥분했고 미쳐 날뛰었다. 게다가 아가씨도 입을 다물 수 없었다. 그런데다가 마침내 헝클어진 실타래에서 벗어나듯 재빨리 사람들 틈을 헤치고 빠져나오더니, 나에게서 보호를 받으려고 전혀 예기치 않게 갑자기 울면서 내 가슴에 달려들었기 때문이다. 나도 즉시 그 상황에 상응하는 자세를 취했다. 그러나 마침 주위가 소란하여 다른 사람들이 우리를 주목하지 않았기에 그녀는 갑자기 머리를 내 쪽으로 치켜들더니 아주 조용한 표정으로 매우 나지막히 그리고 재빨리 내 귀에 대고 속삭였다. "이 지겨운 세관원 양반! 당신 때문에 내가 이 모든 고역을 견뎌야 하잖아요. 이 원수 같은 쪽지를 얼른 챙겨 넣어요. 쪽지에 우리가 어디 살고 있는지 적혀있어요. 그러니까 꼭 정해진 시간에 와야 해요, 성문 안으로 들어서면 한적한 길을 따라 오른쪽으로 계속 가세요!" ―

나는 놀란 나머지 한마디 말도 할 수 없었다. 이제야 자세히 그녀를 쳐다보니 단번에 그녀가 누군지 알았기 때문이다. 그녀는 바로 그 아름다운 토요일 저녁에 내게 포도주병을 갖다주었던, 성의 새침데기 시녀였던 것이다. 이렇게 흥분해서 내게 기대어 검은 곱슬머리를 내 팔에 늘어트리고 있는 그녀가 지금처럼 이렇듯 아름답다고 생각한 적은 한 번도 없었다. ㅡ"그런데, 아가씨", 나는 너무나 놀라서 말했다. "어떻게 당신이 ㅡ", "맙소사, 제발 조용히, 지금은 조용히 하세요!" 그녀가 대답하고는 잽싸게 내 몸에서 벗어나 내가 그 모든 걸 제대로 생각해 볼 수 있기도 전에 정원의 다른 쪽으로 뛰어갔다.

그러는 동안 다른 사람들은 처음에 있었던 일을 거의 완전히 잊어버렸고, 사실 명예를 사랑하는 화가에게는 전혀 어울리지 않게 그가 술에 취해 있다는 것을 젊은이에게 납득시키려 하면서 매우 유쾌하게 서로 논쟁을 계속했다. 정자에 있었던 뚱뚱하지만 민첩한 그 남자, 내가 나중에 들은 바로는 대단한 예술애호가였으며 학문에 대한 애착심에서 모든 일에 기꺼이 동참했던 그 남자도 지휘봉을 던져버리고, 다정함으로 빛이 나는 통통한 얼굴을 하고 무척이나 혼란스러운 와중에 열심히 돌아다니며 모든 것을 중재하고 진정시키려 애썼다. 그러면서도 그는 긴 카덴차와 무척 애써서 마련한 아름다운 장면을 연주하지 못한 것을 계속 아쉬워했다.

그러나 내 마음은 별처럼 환히 빛나고 있었다. 포도주병을 앞에 두고 열린 창가에서 밤늦게까지 바이올린을 켰던 그 행복했던 토요일처럼. 소란이 좀처럼 끝날 것 같지 않아서 나는 바이올린을 다시 꺼내 들고, 오래 생각해보지도 않고, 그곳 산

악지방 사람들이 추는, 또 내가 고적한 숲속의 고성에서 배운 이탈리아의 무도곡 한 곡을 연주했다.

그러자 모두들 머리를 높이 치켜들었다. "브라보, 브라비시모![17] 멋진 생각이야!" 유쾌한 예술애호가가 이렇게 외치더니, 곧바로 이 사람 저 사람에게 다니면서 소위 시골풍의 흥겨운 춤을 추도록 했다. 그는 조금 전 정자 안에서 기타를 연주하던 여인에게 손을 내밀어 몸소 시범을 보였다. 이어서 그는 아주 대단한 솜씨로 춤을 추기 시작하였고, 발끝으로 잔디 위에 갖가지 글자들을 쓰기도 하고, 두 발로 멋진 전음 소리를 내거나, 이따금 아주 그럴싸한 공중제비도 보여주었다. 그러나 그는 곧 지쳤다. 몸이 좀 뚱뚱했기 때문이다. 그는 점점 더 짧고 서툰 도약을 하더니 마침내 무리에서 완전히 빠져나와서 심하게 숨을 헐떡였고 새하얀 손수건으로 쉴 새 없이 이마의 땀을 닦았다. 그러는 사이, 이제 다시 완전히 제정신이 든 그 청년도 음식점에서 캐스터네츠를 가져왔다. 내가 예상했던 것보다 빨리 나무 아래에 있던 모든 사람이 다채롭게 서로 얽혀 춤을 추고 있었다. 저문 해가 어두운 그림자들 사이로, 오래된 담장 위로, 그리고 뒤편 정원에 무성한 이끼로 뒤덮인, 반쯤 쓰러진 기둥 위로 아직도 조금은 붉은빛을 비추었다. 한편 반대쪽으로 포도밭 저 아래에 작열하는 석양빛을 받

---

17 Bravo, bravissimo!(이탈리아어): 참 훌륭해!

고 있는 도시, 로마가 보였다. 그때 그들은 모두 푸른 잔디밭 위에서 맑고 고요한 바람결에 즐겁게 춤을 추었다. 날씬한 아가씨들과 그들 한가운데서 그 시녀가 팔을 위로 치켜들고 마치 이국의 숲속의 요정들처럼 무성한 나뭇잎 사이에서 몸을 흔들어 대었고, 그때마다 거기에 맞춰 허공에 대고 흥겹게 캐스터네츠를 딱딱 쳐댔을 때 내 마음도 정말로 흥에 겨워 온몸에 웃음이 번졌다. 나는 더 이상 참을 수가 없어서 그들 한가운데로 뛰어 들어가 계속 바이올린을 켜면서 아주 멋진 춤사위를 연출했다.

나는 꽤 오랫동안 원 안에서 이리저리 뛰었던 것 같다. 다른 사람들이 그사이 지치기 시작하여 하나둘 잔디밭을 떠났다는 사실도 전혀 눈치채지 못했을 정도였다. 그때 누군가 뒤에서 나의 옷자락을 세게 잡아당겼다. 그 사람은 바로 그 시녀였다. 그녀는 작은 소리로 말했다. "바보짓 하지 말아요. 꼭 숫염소처럼 뛰고 있군요! 쪽지를 꼼꼼히 잘 읽어보고 곧 뒤따라 오세요. 젊고 아름다운 백작 부인이 기다리고 있어요." — 그 말을 남기고 그녀는 어스름 속에서 정원 문 쪽으로 빠져나가더니 곧 포도밭 사이로 사라져버렸다.

나는 가슴이 뛰었다. 마음 같아선 당장 뒤따라 뛰어가고 싶었다. 다행히 식당 보이가 정원 문에 달린 커다란 등에 불을 붙였다. 이미 날이 어두워졌기 때문이었다. 나는 불빛 가까이 다가가서 급히 쪽지를 꺼냈다. 시녀가 좀 전에 내게 말했던 대로, 쪽지에는 꽤 흘려 쓴 연필 글씨로 성문과 거리가 묘사되어 있었다. 또 곁들여서 이렇게 적혀있었다. "11시에 작은 문에서"—

그때까지는 아직 몇 시간이 남아있구나! 그럼에도 불구하고 나는 즉시 떠나려고 했다. 기다리고 있을 만큼 더 이상 마음의 여유가 없었던 것이다. 그러나 그때 나를 이곳에 데려온 화가가 내게 다가왔다. "그 아가씨와 얘기해보았나?" 그가 물었다. "이제 어디에서도 그녀가 보이지 않네. 그녀가 그 독일 백작 부인의 시녀였다네." "조용히, 조용히 하세요!" 내가 대답했다. "그 백작 부인은 아직 로마에 있어요." "그럼 더욱 잘 됐군.", 화가가 말했다. "자, 이리 와서 우리와 함께 그녀의 건강을 위하여 한잔하세." 그렇게 말하면서 그는, 내가 아무리 싫다고 해도, 나를 정원 안으로 도로 끌고 갔다.

그사이 정원의 주위는 몹시 황량했고 텅 비었다. 흥겨웠던 손님들은 각기 자기 애인을 팔에 끼고 시내 쪽으로 갔다. 아직도 그들의 떠들고 웃는 소리가 고요한 밤 포도원 사이로 들려왔다. 그 소리들은 점점 더 멀어지더니 급기야는 깊은 계곡에서 나무들이 살랑거리는 소리와 졸졸 흐르는 개울물 소리에 묻혀버렸다. 나는 고향의 화가와 에크브레히트 씨 — 좀 전에 계속 말다툼을 벌였던 다른 젊은 화가가 그렇게 불렀다. — 와 함께 위쪽에 남아있게 되었다. 달빛은 정원 안의 크고 어두운 나무들 사이로 찬란하게 비쳐들어 왔고, 한 줄기 빛이 우리 앞에 놓여 있는 탁자 위에서 바람결에 나풀대면서 탁자 위에 흥건히 엎질러진 포도주를 희미하게 비췄다. 나는 화가들과 함께 거기에 앉을 수밖에 없었다. 내 고향 화가는 나의 출신, 나의 여행, 나의 인생 계획에 대해 함께 얘기를 나누었다. 그러나 에크브레히트 씨는, 음식점의 그 젊고 예쁜 아가씨가 우리에게 술병을 가져와 식탁에 올려놓고 난 후에 그녀를 자기 무릎 위에 앉히고, 그녀의 팔에 기타를 안겨주더니 기타로 노래 한 곡을 켜도록 가르쳐주었다. 그녀가 곧 작은 손으로 기타 다루는 법에 익숙해져서 두 사람은 이탈리아 노래 한 곡을 함께 불렀다. 그가 한 소절을 부르면, 다음엔 다시 아가씨가 또 한 소절을 불렀다. 그 모습은 이 아름답고 고요한 저녁과 멋지게 어울렸다. — 아가씨가 누군가의 부름을 받고 가버리자 에크브레히트 씨는 기타를 들고 벤치에 등을 기대더니 자기 앞의 의자 위에 발을 올려놓았다. 그러더니 우리에게 더 이상 신경쓰지 않고 이젠 혼자서 멋진 독일 노래와 이탈리아 노래를 많이 불렀다. 이때 별들은 맑은 하늘에 찬란하게 빛났으며, 주위는 온통 달빛을 받아 은으로 도금된 것 같았다. 나는 그 아름다운 여인과, 먼 곳에 있는 고향을 생각하느라 옆에 있는 나의 화가를 완전히 잊고 있었다. 이따금 에크브레히트 씨는 음을 조율해야 했는데, 그럴 때마다 그는 몹시 화가 났다. 그는 악기의 줄감개(펙)를 돌리다가 급기야 줄 하나가 갑자기 끊어지고 말았다. 그러자 그는 기타를 내던지고 자리에서 벌떡 일어났다. 그제야 그는 내 고향 화가가 그동안 탁자 위에 팔을 괴고 깊이 잠들어 있다는 것을 알아차렸다. 그는 급히 탁자 옆 나뭇가지에 걸린 하얀 외투를 걸치고 갑자기 생각에 잠기더니, 처음엔 내 고향 화가를 쳐다보다가, 그다음엔 몇 차례 나를 날카롭게 노려보았다. 그런 다음 오래 생각하지도 않고 바로 내 앞의 탁자 위에 주저앉더니. 헛기침하고 넥타이를 매만지고 나서 갑자기 나를 향해 연설하기 시작했다. "친애하는 방청객이며 동향인 친구여!", 그가 말했다. "이제 술병들이 거의 비었고, 미덕이 쇠할 때면 논쟁의 여지 없이 도덕이 첫 번째 시민의 의무이기 때문에, 나는 동향인으로서 공감대를 느끼며 자네 마음에 몇 가지 도덕성을 새겨줘야겠다는 충동을 느끼는 바요. — 사람들은 이렇게 생각할 수도 있겠지.", 그가 말을 계속했다. "자네의 연미복이 최고의 상태를 지나 낡은 데 비해 사람들은 자네가 애송이일 뿐이라고 생각할 수 있겠지. 자네가 좀 전에는 사티로스[18]처럼 펄쩍펄쩍 뛰면서 기괴한 춤을 췄다고 사람들은 생각할 수 있겠지. 심지어 몇몇 사람들은 이렇게 주장할지도 몰라. 자네가 이 고장에 와서 바이올린을 켜고 있으니까 떠돌이일 거라고. 그러나 나는 그런 피상적 평가에 아랑곳하지 않는다네. 자네의 그 잘생긴 오똑한 코를 보

---

18 Satyr(Satyros): 고대 그리스 신화에서 반은 인간이고 반은 짐승의 모습을 한 숲의 신.

아하니 자네가 방랑하는 천재 악사라 생각하네." — 나는 그런 고약한 말투에 화가 나서 곧바로 그에게 적절하게 응수하려 했다. 그러나 그는 나에게 말할 틈을 주지 않았다. "그것 봐", 그가 말했다. "칭찬 좀 해주니까 자네 벌써 우쭐해지는군. 자네 자신 안으로 들어가 자네가 하고 있는 이 위험한 일에 대해 잘 생각해보게! 우리 천재들은 — 나도 그중 하나이기 때문에 하는 말이네만 — 세상에서 얻을 게 별로 없지. 세상이 우리에게서 얻는 게 별로 없듯이 말이야. 우리는 오히려 특별한 격식을 차리지 않고, 우리가 태어날 때 금방 가져온 칠리화(七里靴)[19]를 신고 곧바로 영원을 향해 걸어가는 거야. 오, 참으로 가련하고, 불편하고, 가랑이가 찢어질 듯한 자세라니! 한 발은 아침의 여명과 그 사이사이에 미래의 아이들의 얼굴만 보이는 미래 속에 두고 있고, 다른 한 발은 로마의 한가운데 포폴로 광장에 두고 있으니 말이야. 그곳은 온 세계가, 좋은 기회가 있으면 같이 가려고 우리의 장화에 매달려서 결국은 다른 사람의 발을 빼내서라도 그 기회를 놓치고 싶지 않은 곳이지. 그리고 움직이는 것, 술을 마시는 것, 배고픔을 견디는 것, 이 모두가 오직 불멸의 영원을 위한 것이지! 그리고 저기 벤치 위에서 자고 있는 내 친구를 보시게. 저 친구도 천재라네. 저 친구에게 시간은 이미 너무 지루해지고 있네. 그가 영원 속

---

19 한 걸음에 7마일을 갈 수 있는 동화 속의 장화.

에 들어가서 제일 먼저 무엇을 시작하겠나?! 그렇지, 존경하는 친구여, 자네와 나, 그리고 태양, 우리는 오늘 아침 함께 일어나 온종일 사색하면서 그림을 그렸지. 그 모든 것은 아름다웠지.—그런데 이제는 몽롱한 밤이 찾아와 모피 소매로 온 세상을 뒤덮고 모든 색채를 지워버렸다네." 그는 여전히 계속 지껄여댔다. 그때 춤추고 술 마시느라 헝클어진 머리카락에 달빛이 비치니, 그의 모습은 영락없이 송장처럼 창백해 보였다.

그러나 나는 벌써 그 사람과 그의 거친 말이 두려웠다. 그가 자고 있는 화가 쪽으로 돌아서는 게 분명하다 싶을 때 나는 그 기회를 이용해서 그가 눈치채지 못하게 살금살금 탁자 주위를 돌아 정원을 빠져나왔다. 나는 홀로, 기쁜 마음으로 포도밭 울타리를 지나, 멀리 달빛이 비치는 계곡으로 내려갔다.

그때 시내에서 10시를 알려주는 소리가 들려왔다. 내 뒤에서 밤의 적막을 뚫고 아직도 간간이 기타 소리와 이제 귀가하는 두 화가의 목소리도 이따금 멀리서 들려왔다. 그래서 나는 그들이 내게 더는 꼬치꼬치 질문을 던지지 못하도록 가능한 한 빨리 달려갔다.

성문에 이르러 나는 즉시 오른쪽 도로로 접어들었고 두근거리는 가슴으로 서둘러서 조용한 집들과 정원들 사이로 계속 걸어갔다. 그러나 내가 오늘 낮에 그토록 찾을 수 없었던 분수대가 있는 광장에 갑자기 나타나게 되어 얼마나 놀랐던지. 거기엔 그 쓸쓸한 정원의 별채가 휘황찬란한 달빛 속에 다시 서 있었던 것이다. 그리고 정원에서는 그 아름다운 여인이 어제저녁에 불렀던 것과 똑같은 이탈리아 노래를 다시 부르고 있었다. — 나는 기뻐 어쩔 줄 모르고 먼저 작은 문으로, 그다음엔 대문으로, 그리고 마침내는 있는 힘을 다하여 정원의 큰 문으로 달려갔지만, 문들은 모두 다 잠겨 있었다. 그제야 아직 열한 시를 알려주는 소리가 나지 않았다는 생각이 났다. 나는 시간이 느리게 가는 데 화가 났지만, 품행이 바른지라 어제처럼 정원 문 위로 기어 올라가고 싶지는 않았다. 그래서 나는 잠시 쓸쓸한 광장을 이리저리 왔다 갔다 하다가, 온갖 생각과 은밀한 기대감에 가득 차 마침내 석조 분수대 위에 다시 걸터앉았다.

별들은 하늘에서 반짝였고, 광장엔 모든 것이 텅 빈 채 고요했다. 나는 기쁨에 넘쳐 분수의 물소리 사이로 정원에서 들려오는 아름다운 여인의 노래에 귀를 기울였다. 그때 나는 돌연 광장의 다른 쪽에서 와서 곧장 작은 정원 문을 향해 가는 하얀 형상을 보았다. 나는 희미한 달빛 속에서 매우 날카롭게 그쪽을 응시했다. — 그것은 다름 아닌 하얀 외투를 입은 그 거친 화가였다. 그는 재빨리 열쇠를 꺼내더니 문을 열고는 눈 깜짝할 사이에 정원 안으로 들어갔다.

그렇지 않아도 나는 이미 처음부터 몰상식한 언사 때문에 화가에 대해 야릇한 반감이 있었다. 그러나 지금 나는 화가 치밀어서 완전히 자제력을 잃었다. 나는 저 방탕한 천재 녀석이 분명 또 술에 취해서 시녀에게서 열쇠를 빼앗아 살그머니 그 고귀한 여인에게 다가가서 본성을 드러내고 그녀를 덮칠 거로 생각했다. 그래서 나는 열려져 있는 작은 문을 통해 정원 안으로 달려 들어갔다.

내가 들어갔을 때 정원 안은 매우 조용하고 적막했다. 정원의 별채로 들어가는 날개대문은 열려있었고, 그 사이로 우유처럼 하얀 불빛이 새어 나와 문 앞의 풀잎과 꽃들 위에 비쳤다. 나는 멀리서 그 안을 들여다보았다. 그곳엔 하얀 등불이 은은하게 밝혀져 있는 화려한 녹색 방 안에 그 아름답고 고귀한 여인이 팔에 기타를 들고 비단으로 된 편안한 침상 위에 누워있었다. 순진하게도 밖에 어떤 위험이 도사리고 있는지 전혀 생각하지 못하고.

그러나 나는 그것을 오래 바라볼 여유가 없었다. 방금 그 하얀 형상이 반대쪽에서부터 매우 조심스럽게 관목숲 뒤편 정원의 별채 쪽으로 살금살금 다가가는 것을 목격했기 때문이다. 그때 그 고귀한 여인은 집 안에서 그토록 구슬프게 노래를 불렀기에 그 소리가 진정 내 마음에 사무칠 정도였다. 그래서 나는 오래 생각할 겨를도 없이 쓸 만한 나뭇가지 하나를 꺾어 들고 곧장 하얀 외투를 향해 달렸다. 그리고 온 정원이 진동할 정도로 "살인이다!"라고 목청껏 외쳤다.

뜻하지 않게 내가 그쪽으로 오는 것을 보자 화가는 재빨리 도망치면서 기겁할 정도로 크게 소리 질렀다. 그러나 나는 더 크게 소리쳤다. 그는 정원의 별채 쪽으로 달렸고, 나는 그의 뒤를 쫓아갔다. — 그런데 내가 그를 거의 붙잡을 뻔한 순간에, 재수 없게도 두 발이 꽃밭에 걸려 갑자기 문 앞에서 큰대자로 넘어지고 말았다.

"바로 당신이었군요, 바보 같으니라고!" 내 위에서 누군가 크게 외치는 소리가 들렸다. "당신 때문에 하마터면 놀라 죽을 뻔했잖아요!" 나는 재빨리 다시 벌떡 일어났다. 눈에서 모래와 흙을 털어내고 보니, 방금 전 뛰어가느라 어깨에 걸치고 있던 하얀 외투를 잃어버린 그 시녀가 내 앞에 서 있는 게 아닌가! "그런데, 화가가 여기 오지 않았나요?" — 나는 무척 당황해서 말했다. "물론 왔지요", 그녀가 새침하게 대꾸했다. "적어도 그의 외투는 온 거죠. 좀 전에 성문에서 그를 만났을 때 내가 추워서 떨고 있으니까 내 어깨 위에 걸쳐준 그 외투 말이에요." — 시끄러운 잡담 소리에 그 고귀한 여인도 소파에서 벌떡 일어나 우리가 있는 문 쪽으로 다가왔다. 내 가슴은 터질 듯이 두근거렸다. 그러나 나는 똑바로 그쪽을 바라보고 얼마나 놀랐던지!

눈앞에 갑자기 나타난 사람은 그 아름답고 고귀한 여인이 아니라 완전히 낯선 사람이었던 것이었다!

그 숙녀는 몸집이 좀 크고, 뚱뚱하며 오만한 매부리코와 치켜 올라간 검은 눈썹을 가진 건장한 여인이었는데, 놀라울 정도로 아름다웠다. 그녀는 이글거리는 커다란 눈으로 압도하

듯이 나를 쳐다봐서 나는 경외심에서 어찌할 바를 모를 지경이었다. 나는 너무나 당황하여 계속 절을 해댔고 급기야 그녀의 손에 입을 맞추려고까지 했다. 그러나 그녀는 재빨리 손을 빼버리더니 이탈리아어로 시녀에게 뭐라고 말을 했지만, 나는 하나도 알아들을 수 없었다.

그러는 사이 좀 전의 시끄러운 소리에 온 동네가 시끌벅적해졌다. 개들은 짖어대었고, 아이들은 울음을 터뜨렸고 간간이 몇몇 남자들의 목소리도 들려왔다. 그 소리는 정원을 향해 점점 더 가까이 다가오고 있었다. 그때 그녀는 이글이글 타오르는 눈빛으로 꿰뚫어 보려는 듯 다시 한번 나를 쳐다보더니 급히 방 쪽으로 몸을 돌렸다. 그리고 거만하게 억지로 크게 웃더니 내 코앞에서 문을 쾅 하고 닫아버렸다. 그러나 시녀는 지체하지 않고 내 옷자락을 잡더니 나를 정원 문 쪽으로 끌고 갔다.

"당신은 또 한 번 정말 바보짓을 한 거예요." 가는 도중에 그녀는 악의에 가득 차서 내게 말했다. 나도 이미 약이 올랐다. "이런 빌어먹을!", 내가 말했다. "바로 당신이 나를 이리로 오라고 하지 않았나요?" "그야 그렇지요." 시녀가 소리쳤다. "우리 백작 부인께서 당신을 좋게 보시고 창밖으로 꽃을 던지시기도 하고 아리아를 불러주시기도 한 거예요. ― 그런데 이게 그분이 받는 보상이군요! 이젠 당신하고는 아무것도 다시 시작할 수 없겠어요. 당신은 당신의 복을 제대로 발로 차

버린 거예요." "하지만", 나는 대꾸했다. "내가 생각한 백작 부인은 독일에서 온 분이라고요. 그 아름답고 고귀한 여인 말이에요." "아", 하고 그녀가 말을 막았다. "그분은 다시 독일로 가신 지 이미 오래되었어요. 당신의 미치광이 사랑도 함께 갖고 갔지요. 그러니 제발 다시 그리로 가봐요! 그렇지 않아도 그녀가 당신을 그리워하고 있을 거예요. 만나면 함께 바이올린을 켜면서 달빛을 바라볼 수 있겠지요. 그러니 다시는 내 눈앞에 나타나지 않도록 해요!"

그런데 그때 우리 뒤쪽에서 매우 엄청난 소동이 일어났다. 반대편 정원에서 몽둥이를 든 사람들이 급히 울타리를 기어 올라가고 있었고, 또 다른 사람들은 욕을 하면서 벌써 길마다 샅샅이 뒤지고 있었고, 수면모자를 쓴 겁먹은 얼굴들이 달빛 속에서 울타리 너머 이곳저곳을 살피고 있었다. 그 상황은 마치 악마가 나타나 갑자기 모든 울타리와 관목 숲에서 불량배들을 부화시켜 내보내는 것 같았다. ― 시녀는 오래 망설이지 않았다. "저기, 저기 도둑이 도망가요!" 그녀는 정원의 다른 쪽을 가리키면서 사람들에게 소리쳤다. 그러고 나서 그녀는 재빨리 정원 밖으로 나를 밀어내고 내 뒤에서 작은 문을 닫아버렸다.

이제 나는 어제 왔을 때처럼 텅 빈 하늘 아래 다시 이 조용한 광장에 아주 외롭게 홀로 서 있게 되었다. 마치 천사들이 그 안에서 오르내리는 것처럼 조금 전 달빛 속에서 유쾌하게 일렁이던 분수는 그때처럼 여전히 물을 뿜어내고 있었지만, 그동안 나의 모든 기쁨과 즐거움은 분수 속으로 사라져버렸다. ─ 나는 이제, 그 미친 화가들과 등자(橙子)나무들과 시녀들이 있는, 내가 생각했던 것과는 다른 이탈리아에 영원히 등을 돌리기로 굳게 결심하고 지체하지 않고 성문 쪽으로 걸어 나갔다.

제9장

산들은 변함없이 경비를 서고 있네.
'이 고요한 아침에 낯선 곳에서 와서
황야를 지나는 자 누구요?' ―
나는 산을 바라보고
너무 기뻐 혼자 웃으며
가슴속에서 상쾌하게 터져 나오는
구호이자 함성을 외친다네.
오스트리아 만세!

그러자 온 천지가 먼저 나를 알아보고,
시냇물과 새들이 다정하게,
주변의 숲들도 제 나라 풍습대로 인사하네.
다뉴브강은 깊은 골짜기에서 반짝이고,
저 멀리서 슈테판 성당의 종탑도
산 너머로 얼굴을 보이며 나를 기꺼이 반기는 듯하네,

지금은 아니라도 곧 나타날 그 모습,
오스트리아 만세!

나는 높은 산 위에 서 있었다. 거기서 나는 처음으로 오스트리아를 내려다 볼 수 있었다. 나는 너무 기쁜 나머지 모자를 흔들며 노래의 마지막 소절을 노래했다. 그때 갑자기 내 뒤쪽 숲속에서 관악기의 멋진 음악 소리가 들려왔다. 얼른 뒤돌아보니 길고 푸른 외투를 입은 세 명의 젊은이가 보였다. 그중 한 명은 오보에를, 다른 한 사람은 클라리넷을, 머리에 낡은 삼각 모자를 쓴 세 번째 사람은 호른을 불고 있었다. ― 그들이 갑자기 내 노래에 반주를 해주자 온 숲속에 멜로디가 울려 퍼졌다. 나는 지체하지 않고 바이올린을 꺼내 연주하면서 곧바로 새로운 기분으로 노래를 함께 불렀다. 그때 그들은 미심쩍은 표정으로 서로의 얼굴을 바라보더니, 먼저 호른 연주자가 부푼 뺨을 다시 홀쭉하게 하더니 마침내 호른을 내려놓았다. 결국 모두 조용해지더니 나를 바라보았다. 나도 놀라서 연주를 멈추고 그들을 쳐다보았다. ― 이윽고 호른 연주자가 말했다. "우리는 선생이 그런 긴 연미복을 입고 있어서 이곳을 도보로 여행하며 아름다운 자연을 감상하는 영국 사람이라 생각했지요. 우리는 여비라도 벌어볼까 했어요. 그런데 보아하니 선생도 악사인 것 같군요." ― "원래는 세관원입니다." 라고 나는 대꾸했다. "그리고 막 로마에서 오는 길입니다. 그러나 오랫동안 아무런 돈벌이가 없었기에 오는 도중에는 바이올린 연주로 근근이 살았습니다." — "요즘은 바이올린 연주로는 돈 많이 못 벌어요.", 호른 연주자가 말했다. 그사이 다시 숲으로 물러섰던 호른 연주자는 자기들이 그곳에 지펴놓은 모닥불을 삼각 모자로 부채질했다. "그래도 관악기가 형편이 더 나아요.", 그가 계속해서 말했다. "손님들이 아주 조용히 점심 식사를 하고 있을 때 우리가 불쑥 아치형 현관 안으로 들어가 셋이서 모두 있는 힘을 다해 불기 시작하면, — 곧 하인이 돈과 음식을 들고 뛰어나오지요. 오직 소음에서 벗어나기 위해서죠. 그건 그렇고, 우리와 함께 간식 좀 드시지 않겠소?"

모닥불이 숲속에서 이젠 아주 재미있게 타올랐다. 상쾌한 아침이었다. 우리는 모두 잔디밭에 빙 둘러앉았다. 악사들 중 두 명은 커피와 우유가 들어있는 냄비를 불에서 내려놓고 외투 주머니에서 빵을 꺼내 커피에 적셔 먹었고 냄비 속의 커피를 돌려가며 마셨다. 그들은 아주 맛있게 먹고 있어서 그 모습을 쳐다보는 게 정말 즐거울 정도였다. — 그러나 호른 연주자가 말했다. "나는 그 검은 음료를 소화할 수 없어." 그러면서 그는 여러 겹으로 겹쳐진 커다란 버터 빵 절반을 내게 내민 다음 포도주 한 병을 내놓았다. "당신도 한 모금 마시지 않겠어요?" 나는 한 모금 죽 들이켰으나 재빨리 다시 술병을 내려놓고 얼굴을 잔뜩 찌푸리지 않을 수 없었다. 그것은 저질의 신 포도주 맛이 났기 때문이다. "이 지방에서 생산되는 포도주예요.", 호른 연주자가 말했다. "그런데 선생은 이탈리아에서 독일 술맛을 망쳐버린 모양이구먼요."

그런 다음 호른 연주자는 열심히 배낭 속을 뒤지더니, 온갖 잡동사니 중에서 마침내 낡고 찢어진 지도 하나를 꺼냈다. 지도 위에는 오른손에 왕홀(王笏)을, 왼손에는 지구의[20]를 들고 있는 화려한 제복을 입은 황제가 그려져 있었다. 그가 조심스럽게 지도를 땅바닥에 펼쳐놓자 다른 동료들도 가까이 다가와서 이제 어떤 여행 루트를 택할 것인지 함께 의논했다.

"방학도 이제 곧 끝나가는군." 그들 중 한 사람이 말했다. "당장 린츠에서 왼쪽으로 방향을 돌려야 제때에 프라하에 들어가게 돼." "정말 프라하로 가려나?", 호른 연주자가 외쳤다. "자네 누구 앞에서 연주하려고? 그곳엔 산림지기와 광부들밖에 없으니 말이야. 세련된 예술적 취향을 가진 사람도 없고, 제대로 된 무료숙박소도 없다고!" ─ "오, 바보 같은 소리 하지 말게!" 다른 친구가 대꾸했다. "농부들이야말로 내가 가장 좋아하는 사람들이지. 그들은 사람들의 숨은 고충을 가장 잘 알아주지. 그래서 이따금 악보와 다르게 연주해도 그렇게 까다롭게 굴지 않는다네." ─ "그건 바로 자네가 명예심이 없다는 뜻이야.", 호른 연주자가 말했다. "오디 프로파눔 울구스 에트 아르케오(odi profanum vulgus et arceo. 나는 저속한 대중을 싫어

---

20 Reichsapfel: (십자가가 달린) 독일 황제의 권력을 상징하는 지구의.

하고 멀리한다.)"²¹라고 로마의 시인이 말했지." — "하지만 여행 중에 틀림없이 교회는 있을 테니 신부님들에게 들르지 뭐." 세 번째 친구가 말했다. — "엄청 순종하는 종노릇이나 하려고!", 호른 연주자가 말했다. "그분들은 돈이나 조금 주면서 장황하게 설교하실 거야. 우리 더러 그렇게 쓸데없이 세상을 돌아다니지 말고 학문에 전념하라고. 특히 나에게서 장차 교회의 형제가 될 거라는 낌새채면 더 하시겠지. 아니야, 아니지, 클레리쿠스 클레리쿰 논 데키마트(clericus clericum non decimat. 성직자는 성직자를 적대시하지 않는 거야). 그런데 도대체 무슨 큰 문제가 있겠나? 교수님들도 아직 칼스바트 요양지에 앉아 계셔서 개강 날짜를 스스로 정확하게 지키진 않으실 테니 말이야." — 다른 친구가 대꾸했다. "맞는 말이야. 하지만, 디스팅구엔둠 에스트 인테르 에트 인테르(distinguendum est inter et inter. 구별할 것은 구별해야지)." 쿼드 리케트 요위, 논 리케트 보위!(quod licet Jovi, non licet bovi! 주피터 신에게 허락된 것이 황소에게 허락되는 것은 아니거든!)"

나는 이제 그들이 프라하 대학의 학생들이라는 걸 알아챘다. 그리고 나는 무엇보다 그들의 입에서 라틴어가 물 흐르듯 술술 나왔기 때문에 그들에게 대단한 존경심을 갖기도 했다. — "당신도 대학에 다녔나요?", 곧이어 호른 연주자가 나에게

---

21 고대 로마의 시인 호라티우스의 한 송시의 시작 부분.

물었다. 나는 겸손하게 대답했다. 늘 대학에 다니고 싶은 마음은 간절했지만, 돈이 없었노라고. — "그건 전혀 문제가 되지 않아요", 호른 연주자가 외쳤다. "우리도 돈도 없고 부유한 친척도 없어요. 하지만 영리하게 머리를 쓰면 분명 헤쳐나갈 수 있어요. '아우로라 무시스 아미카(aurora musis amica. 아침노을은 뮤즈의 친구다.)'라는 말이 있어요. 독일어로 말하면, 아침밥을 많이 먹느라 시간을 낭비하지 말라는 뜻입니다. 그런데 말입니다. 정오의 종소리가 교회의 탑에서 탑으로, 산에서 산으로 울리며 온 도시로 울려 퍼지면, 학생들이 갑자기 크게 소리를 지르며 낡고 어두컴컴한 학교에서 빠져나와 햇빛을 받으며 떼지어 골목길을 누빕니다. — 그때 우리는 카푸친파[22] 교단의 주방장 신부님에게 가면 우리를 위한 밥상이 차려져 있는 걸 봅니다. 밥상이 차려져 있지 않더라도 거기엔 각자 먹을 만큼 넉넉한 음식이 있지요. 그러면 우리는 이것저것 많이 묻지 않고 먹으면서 라틴어를 완벽하게 말하는 연습도 하는 겁니다. 알겠어요? 우리는 이렇게 하루하루 공부를 계속하고 있답니다. 그러다가 이윽고 방학이 되어 다른 학생들이 마차를 타고 부모님께로 달려갈 때 우리는 외투 아래에 악기를 꿰차고 골목길을 지나 성문으로 나가는 겁니다. 그러면 온 세상이 우리 앞에 열리지요."

---

22 Kapuziner: 16세기 초에 창립된 프란체스코 교단의 한 분파.

그가 그런 얘기를 했을 때 — 왠지 모르게 그의 말이 정말 내 마음에 와닿았다. 저렇게 박식한 사람들이 이 세상에서 이렇듯 몹시 외롭게 살아가야 한다니. 그때 나 자신에 대해 생각해보니 사실 내 형편도 그들과 다를 바 없는 것 같았다. 그러자 내 눈에 눈물이 고였다. — 호른 연주자가 놀라 눈을 크게 뜨고 나를 쳐다보았다. "그건 아무 상관 없어요", 그는 다시 계속해서 말했다. "나는 이렇게는 여행하고 싶지 않아요. 말을 타고 커피를 마시며 새 침대보를 씌운 침대에서 잠을 자고 수면모자와 장화 벗겨주는 하인을 예약해 놓은 그런 여행 말이에요. 우리처럼 이렇게 하는 여행이야말로 가장 멋진 여행이지요. 이른 아침에 길을 떠나고, 머리 위로 철새들이 높이 날아가고, 오늘은 우리를 위해 어느 굴뚝에서 연기가 피어오를지 전혀 모르고, 그리고 저녁때까지 어떤 특별한 행운을 만날 수 있을지 전혀 예측하지 못하는 그런 여행을 한다면 말입니다." — "그래요", 다른 친구가 말했다. "우리가 어느 곳이든 도착해서 악기를 꺼내기만 하면 모두 흥겨워지고, 점심때쯤 되어 시골의 어느 부잣집에 들어서서 그 집 문간에서 연주하면 집 문앞에서 아가씨들이 어울려 춤을 추지요. 그러면 집주인은 안에서 음악 소리가 더 잘 들리도록 홀의 문을 조금 열어놓게 하지요. 그러면 문틈 사이로 달그락거리는 접시 소리와 구운 고기 냄새가 즐거운 노래 속으로 스며 나오고, 식탁에 앉아 있는 아가씨들은 바깥의 악사들을 보려고 목을 길게 뺄 지경이 된답니다." — "정말 그렇지", 호른 연주자가 눈을 반짝이며 외쳤다. "다른 친구들은 자기네 교과서나 복습하게 그냥 놔두고, 우리는 그동안, 하느님이 밖에 있는 우리를 위해 펼쳐놓은 위대한 그림책을 공부하는 거야! 하느님만은 믿어주실 거야. 바로 우리 같은 사람이 정말 올바른 사람이 되리라는 것을. 농부들에게 무엇을 이야기해줘야 하는지 알고, 주먹으로 설교단을 내리쳐서, 저 아래의 얼간이 녀석들의 가슴이 감동과 참회로 터지게 하는 그런 올바른 사람이 되리라는 것을 말야."

그들이 그런 이야기를 하고 있을 때 내 마음이 즐거워져서 나도 당장 함께 대학에서 공부해보고 싶은 마음이 들었다. 나는 그들의 이야기를 듣는 것에 조금도 지루해할 수 없었다. 이렇게 유식한 사람들과 즐겁게 대화하다 보면 뭔가 얻을 만한 게 있었기 때문이다. 그러나 정말로 이성적인 대화에는 전혀 도달 할 수 없었다. 방학이 곧 끝날 것 같다는 이유로 그들 중 한 학생의 마음이 벌써 불안해졌기 때문이다. 그러므로 그는 재빨리 클라리넷을 조립하더니 곧추세운 무릎 위에 악보를 올려놓고, 프라하로 돌아가서 함께 연주할 미사곡 중 어려운 한 소절을 반복하여 연습했다. 그는 앉은 채 열심히 손가락을 움직였고 그사이에 이따금 음이 틀리며 쇳소리를 냈기 때문에 듣는 사람의 골수에 사무치듯 오싹한 기분이 들었으며, 종종 자기 자신이 하는 말도 알아들을 수 없을 지경이었다.

갑자기 호른 연주자가 베이스 음성으로 소리쳤다. 그는 "알

앉어, 좋은 생각이 났어"라고 말하면서 즐거워하며 자기 옆에 놓여 있는 지도 위를 두드렸다. 다른 친구, 클라리넷 연주자는 열심히 불던 동작을 잠시 멈추고 놀란 표정으로 그를 쳐다보았다. "내 말 좀 들어봐", 호른 연주자가 말했다. "빈에서 멀지 않은 곳에 성이 하나 있어. 그 성에 한 문지기가 있는데, 그 문지기가 나의 사촌이야! 친애하는 학우들이여, 우리 그곳으로 가서 내 사촌에게 인사해 보자고. 그러면 사촌은 우리가 다시 여행을 계속하게끔 신경 써줄걸세!" ― 나는 그 말을 듣고 깜짝 놀라 일어났다. "혹시 파곳 부는 사람 아닌가요?", 내가 소리쳤다. "키가 크고 꼿꼿한 체구에, 게다가 크고 품위 있는 코를 가진 사람 말이에요." 호른 연주자가 그렇다며 고개를 끄덕였다. 나는 너무나 기쁜 나머지 그를 껴안았다. 그러자 그의 삼각 모자가 머리에서 떨어졌다. 그리하여 우리는 즉시 모두 다 함께 우편선을 타고 다뉴브강을 따라 내려가 아름다운 백작 부인의 성을 향하여 가기로 결정했다.

우리가 강가로 왔을 때 이미 모든 출항 준비가 다 되어 있었다. 배는 밤새 뚱뚱한 음식점 주인집에 정박하고 있었다. 주인장은 느긋하고 유쾌한 표정으로 현관문을 다 차지하고 서서 작별 인사로 온갖 농담과 수다를 큰 소리로 늘어놓았다. 한편 창문마다 아가씨들은 머리를 내밀고 배로 마지막 짐을 나르고 있는 선원들에게 고개를 끄덕이며 다정하게 인사했다. 같이 배를 타고 가려던, 회색 외투에 검은 목도리 차림의 한 나이 든 신사가 강가에 서서 어느 젊고 날씬한 몸매의 사내아이와 매우 열심히 이야기하고 있었다. 긴 가죽바지와 몸에 꼭 끼는 진홍색 재킷을 입고 있는 그 아이는 자기 앞에 있는 멋진 영국산 조랑말 위에 앉아 있었다. 그 두 사람은 이따금 내 쪽을 쳐다보면서 내 얘기를 하는 것 같아 나는 매우 의아하게 생각했다. ― 이윽고 그 나이 든 신사는 소리 내어 웃었고, 날씬한 소년은 말채찍을 찰싹 갈기고는 머리 위를 나르는 종달새들과 내기라도 하듯 아침 공기를 가르며 빛나는 풍광 속으로 내달렸다.

그사이에 대학생들과 나는 주머니를 털어 돈을 모았다. 호른 연주자가 우리 각자의 주머니를 다 털어 간신히 모은, 순전히 동전을 세어 뱃삯으로 주자 사공은 껄껄 웃으면서 설레설레 고개를 저었다. 그러나 나는 갑자기 내 앞에서 다뉴브강을 다시 보게 되었을 때 크게 환호성을 질렀다. 우리는 재빨리 배 위로 뛰어올랐고, 선장이 출발신호를 보냈다. 그러자 우리는 마침내 지극히 아름다운 아침 햇살을 받으며 산과 초원 사이를 나는 듯 빠르게 다뉴브강의 하류로 내려갔다.

숲속에선 새들이 지저귀고 강의 양쪽 멀리 있는 마을에서 아침 종소리가 들려왔다. 그 사이로 이따금 하늘 높은 곳에서 종달새의 노랫소리가 들렸다. 배 안에서는 카나리아 한 마리가 함께 기쁘게 환호하며 큰소리로 노래하여 즐거움을 더해 주었다.

그 새는 배에 동승한 젊고 예쁜 아가씨의 것이었다. 그녀는 새장을 바짝 자기 곁에 붙여 두고 있었고, 다른 쪽으로 팔 아래에 고운 옷 보따리를 끼고 있었다. 그렇게 그녀는 홀로 아주 조용히 앉아서 때로는 치마 밑에 나와 있는, 새로 사서 신은 나들이 신발을 매우 만족한 표정으로 바라보기도 하고, 때로는 자기 앞에 보이는 강물을 다시 내려다보기도 하였다. 그때 아침햇살이 그녀의 하얀 이마 위에서 빛났고, 이마 위의 머리칼은 매우 단정하게 빗겨져 가르마가 잘 타져 있었다. 나는 대학생들이 그녀와 젊잖게 대화를 시작하고 싶어 한다는 것을 눈치챘다. 그들이 계속 그녀 옆을 지나다녔고, 그리고 호른 연주자는 헛기침하면서 때로는 넥타이를, 때로는 삼각 모자를 만지작거리기도 했기 때문이다. 그러나 그들은 진정한 용기가 없었고, 그 아가씨도 그들이 가까이 다가갈 때마다 눈을 내리깔곤 하였다.

그러나 그들은 회색 프록코트를 입은 나이 든 신사 앞에서는 유독 몸을 사렸다. 그는 배의 다른 쪽에 앉아있었는데, 그들은 곧바로 그가 성직자라고 생각했다. 그는 앞에 기도서를 펴 놓고 읽고 있었다. 그러다가 종종 기도서에서 눈을 떼고 아름다운 주변 경치를 올려다보기도 했다. 기도서의 금박칠 된 재단 면과 그 안에 들어있는 많은 다채로운 성화들이 아침 햇살을 받아 화려하게 반짝였다. 이때 그분도 배 위에서 무슨 일이 일어나고 있는지 눈치챘고 잘 알고 있었다. 그리고 그는 곧

깃털을 보고 새들을 알아보았다.[23] 얼마 지나지 않아 그는 대학생들 중 한명에게 라틴어로 말을 걸었던 것이다. 그러자 세 명이 모두 그에게 다가가서 그분 앞에서 모자를 벗고는 역시 라틴어로 대답했다.

그러나 나는 그사이에 뱃머리 가장 앞쪽으로 가서 앉아 발을 물에 내려뜨리고 즐겁게 발을 흔들며 물장난을 쳤다. 배가 날아가듯 빨리 달려 내 발아래에서 파도가 철썩거리며 거품을 일으켰다. 그러는 동안 나는 줄곧 푸르른 저 먼 곳을 바라보고 있노라니 탑과 성이 강변의 숲에서 차례로 나타나 점점 커지다가 마침내 우리 뒤로 다시 사라지곤 했다. 오늘만이라도 내게 날개가 있다면! 하고 나는 생각했다. 나는 결국 참지 못하고 사랑하는 바이올린을 꺼내 들고 내가 아는 옛 노래들을 모두 다 연주했다. 그 노래들은 내가 고향에서, 그리고 아름다운 그 여인의 성에서 배웠던 곡들이었다.

그때 갑자기 누군가 뒤에서 내 어깨를 쳤다. 그 사람은 그 성직자였다. 그동안에 그는 기도서를 치워놓고 벌써 내 연주를 잠시 듣고 있었던 것이다. "여보게, 명연주가 양반, 식음을 잊었구려.", 그가 웃으면서 내게 말했다. 그런 다음 그는 바이올린을 집어넣으라고 말하면서 간단하게 요기를 같이 하자고 하더니, 조그맣고 재밌게 생긴 정자로 나를 안내했다. 그 정

---

23 그들이 학생들이라는 걸 알아보았다는 비유.

자는 선원들이 어린 자작나무와 전나무로 배 한가운데에 설치해 놓은 것이었다. 그는 그곳에 식탁을 차리게 했다. 그래서 우리는, 나와 대학생들 그리고 젊은 아가씨까지 술통과 짐짝 위에 빙 둘러앉아야만 했다.

그러자 성직자는 종이에 조심스럽게 쌌던 큼지막한 구운 고기와 버터 바른 빵을 풀어놓았다. 그는 또 행낭에서 포도주 몇 병과 안쪽에 도금이 된 은색 술잔을 꺼냈다. 잔에 술을 따라서 먼저 맛을 보고, 냄새를 맡고 재차 시음하고 나서 우리 각자에게 잔을 건넸다. 대학생들은 술통 위에 아주 꼿꼿하게 앉아서는 무척 겸손을 떠느라 아주 조금씩 먹고 마셨다. 그 아가씨도 조그만 입을 술잔에 적시기만 하면서 수줍은 듯 한 번은 나를 쳐다보다가, 한 번은 대학생들을 쳐다보았다. 그러나 그녀가 우리를 자주 쳐다보면 볼수록 그녀는 점점 더 대담해졌다.

그녀는 마침내 성직자에게 이야기했다. 자기는 처음으로 집을 떠나 일자리를 얻어 새로 모실 주인님의 성으로 지금 가는 중이라고. 나는 점점 얼굴이 빨개졌다. 그녀가 말하던 중에 그 아름답고 고귀한 여인의 성(城) 얘기를 했기 때문이었다. — 그러니까 이 여자가 장차 나의 시녀가 되는 셈이군! 그렇게 생각하면서 눈을 크게 뜨고 그녀를 쳐다보았을 때 나는 거의 현기증이 날 것 같았다. — 그러자 성직자가 말했다. "그 성에서 곧 성대한 결혼식이 있을 거라네." "네, 그래요." 그 얘기를 더 많이 알고 싶어 하는 아가씨가 대답했다. "사람들 말로는 이미 오래된 은밀한 사랑 이야기였는데, 백작의 따님이 결코 그걸 시인하지 않으려 했다고 해요." 성직자 양반은 그저 "음, 으흠!"이라고 응답하면서 사냥 그림이 그려진 술잔에 술을 가득 채우더니 걱정스러운 표정으로 조금씩 홀짝홀짝 마셨다. 그러나 나는 이야기를 더 자세히 들으려고 식탁 위로 양팔을 넓게 뻗었다. 성직자 양반이 그걸 알아차리고 다시 말하기 시작했다. "이제 자네들에게 분명히 말해도 되겠네.", "두 백작 부인들께서 그 신랑감이 혹시 이미 이 지역에 와 있는지 알아보라고 나를 보냈다네. 로마로부터 어떤 숙녀가 보낸 편지엔, 그가 이미 오래전에 로마를 떠났다는 거야." ― 성직자가 로마의 한 숙녀에 대해 얘기하기 시작하자 내 얼굴은 다시 빨갛게 달아올랐다. "혹시 신부님께서는 그 신랑감을 잘 아시는지요?" 나는 매우 당황해서 물었다. ― "아닐세, 하지만 그 친구는 유쾌한 방랑아라고 하더군.", 나이 든 신사가 대답했다. "아, 그렇군요", 나는 재빨리 말했다. "할 수만 있다면 어떤 새장에서라도 벗어나려는 새, 다시 자유로워지면 흥겹게 노래하는 새, 그런 방랑아 말이지요?" ― 나이 든 신사는 태연하게 얘기를 계속했다. "그리고 낯선 곳을 떠돌아다니고 밤에는 이 거리 저 거리를 헤매고 다니다가 낮에는 남의 집 대문 앞에서 잠을 자는 친구인 모양이야." 이 말은 나를 몹시 불쾌하게 했다. "어르신께서 잘못 들으신 것 같습니다.", 나는 몹시 화가 나서 크게 외쳤다. "그 신랑감은 도덕적이고, 몸이 날씬하고, 장래가 유망한 젊은이랍니다. 그 사람은 이탈리아에서 고성에 머물면서 고상한 생활을 했고, 백작 부인들과 유명한 화가들하고만 교제했으며, 시녀들의 시중도 받았다고요. 그 사람은 돈이 생기면 아주 유용하게 쓸 줄 아는 사람이었고요. 그리고 그 사람은 또……" "이런, 이런, 자네가 그 사람을 그렇게 잘 알고 있는지 몰랐네." 성직자는 여기서 내 말을 중단시키면서 얼굴이 완전히 파래지고 눈에서 눈물이 줄줄 흘러내릴 정도로 껄껄 웃었다. ― 그러자 그 아가씨가 다시 얘기를 들려주었다. "그런데 저는 신랑감이 훌륭하고 상당히 부자라고 들었는데요." ― "아이고, 저런, 그래! 혼란스럽구먼, 혼란스러울 뿐이야!" 성직자가 외쳤다. 그는 여전히 웃음을 참을 수 없어 하더니 급기야는 심하게 기침을 해대었다. 그는 다시 조금 안정을 되찾자 술잔을 높이 들고 소리쳤다. "신랑 신부 만세!" ― 나는 성직자에 대하여, 그리고 그가 한 말에 대하여 어떻게 생각해야 할지 정말 몰랐다. 그러나 나는 그런 로마 이야기 때문에 여기 모든 사람 앞에서 내가 바로 그 행방불명되었던 행운의 신랑감이라는 걸 그에게 말하고 있다는 것이 부끄러웠다.

술잔은 다시 바쁘게 돌아갔다. 성직자는 그때마다 모든 사람과 다정하게 이야기했기 때문에 모두 다 곧 그에게 호감을 갖게 되었고 결국에는 모두 즐겁게 서로 이야기를 나누게 되었다. 대학생들도 점점 더 말이 많아져 자신들의 산악 여행에 대해 이야기하더니, 결국엔 악기를 가져와 흥겹게 연주하기 시작했다. 서늘한 강바람이 정자의 나뭇가지 사이를 스쳐 불어왔고, 이미 석양은 우리 곁을 빠르게 스쳐 지나가는 숲과 계곡을 황금색으로 물들였다. 그러는 사이 호른의 선율이 강변에 부딪혀 메아리로 울려 퍼졌다. ― 그러자 성직자는 음악에 취해 점점 더 기분이 좋아져서 자신의 젊은 시절의 재미난 이야기들을 풀어놓았다. 자신도 방학 때 산과 계곡을 지나 여행했다는 이야기며, 자주 배고프고 목마른 때도 있었지만 언제나 즐거웠다는 것, 또한 원래 대학 생활 자체가 갑갑하고 음울한 학교와 진지한 성직자 업무 사이에 있는 긴 방학과 같은 것이라는 것 등. ― 그러자 대학생들은 다시 한번 잔을 돌리며 술을 마셨고 새로운 기분으로 노래를 부르기 시작하니, 그 노래는 멀리 산속으로 울려 퍼졌다.

이제 새들은 모두
남쪽으로 향하고
많은 나그네들은 아침햇살에
흥겹게 모자를 흔드네.
성문 밖으로 나가는
그들은 대학생들,
저마다의 악기로
이별의 곡을 연주하네.
영원히 안녕

오 프라하여, 우리는 멀리 떠난다오!
에트 하베아트 보남 파켐,
퀴 세데트 포스트 포르나켐![24]

우리는 밤에 도시를 배회하고,
멀리 창가에 불빛이 어른거리고,
아름답게 치장한 많은 사람이
창가에서 미끄러지듯 춤추며 돌아가네.
우리는 문 앞에서 연주하며
심한 갈증을 느낀다오,
주인장, 시원한 술 한 잔 주시오!
목마름은 연주 때문이니.
보라, 잠시 후
술 한 병 들고
웨니트 엑스 수아 도모
베아투스 일레 호모![25]

숲속에서는

---

24 Et habeat bonam pacem, 안락한 평화를 갖기를
   Qui sedet post fornacem! 화덕 뒤에 앉아 있는 자여!

25 Venit ex sua domo — 집에서 나오네 —
   Beatus ille homo! 그 행복한 주인장이!

벌써 찬 바람이 불어오고,
눈비에 젖은 채
우리는 들판을 헤매네,
외투는 바람에 날리고,
신발은 찢어졌는데도,
우리는 민첩하게 연주하며
노래를 부른다네.
베아투스 일레 호모
퀴 세데트 인 수아 도모
에트 세데트 포스트 포르나켐
에트 하베트 보남 파켐![26]

　나와 뱃사공들과 아가씨, 우리 모두 라틴어를 알아듣진 못했지만, 소절마다 환호하면서 노래의 후렴을 함께 불렀다. 그 중에서도 내가 제일 신나게 환호하며 노래했다. 바로 그때 나는 저 멀리 내가 일했던 세관 건물과 또한 곧이어 저녁 햇살을 받으며 나무 위로 모습을 드러내는 성을 보았기 때문이다.

26　Beatus ille homo 그는 행복하여라
　　Qui sedet in sua domo 집 안에 앉아 있는 자,
　　Et sedet post fornacem 화덕 뒤에 앉아
　　Et habet bonam pacem! 안락한 평화를 누리는 자!
　　[라틴어 발음 표기는 고전 발음을 따른다.]

제10장

　배가 강가에 닿았다. 우리는 재빨리 뭍으로 뛰어내려, 새장의 문이 갑자기 열리면 날아가는 새들처럼 숲속 사방으로 흩어졌다. 성직자는 급히 작별인사를 하고 성 쪽으로 성큼성큼 걸어갔다. 그와 반대로 대학생들은 외진 숲을 향해 열심히 달려갔다, 그들은 거기서 급히 외투의 먼지를 털어내고, 흐르는 시냇물에서 몸을 씻고 차례로 면도할 요량이었다. 시녀로 새로 고용된 아가씨는 이윽고 카나리아 새와 보따리를 겨드랑이에 끼고 성터 언덕 아래에 있는 음식점을 향하여 갔다. 저 위 성안에서 자신을 소개하기 전에, 내가 그녀에게 좋은 사람이라고 추천해 준 음식점 주인아주머니 집에서 좀 좋은 옷으로 갈아입기 위해서였다. 그날 저녁은 내 마음에 유별나게 아름답게 느껴졌다. 나는 그들이 모두 흩어졌을 때 더 이상 오래 생각하지도 않고 즉시 성주님의 정원을 향해 달려갔다.
　가는 도중에 지나가야 했던, 내가 근무했던 세관 건물은 아직도 옛날 그 자리에 그대로 있었다. 성주님의 정원에서부터 뻗은 키 큰 나무들은 건물 위로 여전히 쏴아 쏴아 하며 소리를 내고 있었다. 그 당시 해가 질 때마다 창문 앞 밤나무 위에서 세레나데를 부르던 금방울 새는 또다시 노래를 부르고 있었다. 그 이후 세상에 아무 일도 일어나지 않았다는 듯. 세관 건물의 창이 열려있어서 나는 너무 기쁜 나머지 그곳으로 달려가 방 안에 머리를 들이밀었다. 방 안엔 아무도 없었지만, 벽시계는 여전히 조용히 계속 째깍거리고 있었다. 책상은 창가에 그대로 있었고 긴 파이프 담뱃대는 그 당시처럼 한쪽 구석에 놓여 있었다. 나는 마음을 억제할 수 없어서 창문을 통해 방 안으로 들어가서 커다란 회계장부가 놓여 있는 책상에 앉아 봤다. 그때 햇빛이 창문 앞 밤나무 사이로 들어와 펼쳐져 있는 회계장부의 숫자 위에 다시금 녹황색 빛으로 비쳤다. 또한 벌들은 열린 창가에서 윙윙거리며 이리저리 날아다녔으며, 금방울새는 창밖 나무 위에서 계속 즐겁게 노래 부르고 있었다. ― 그런데 갑자기 방문이 열리더니, 내가 입었던 점박이 잠옷을 입은 늙고 키가 큰 세관원이 들이닥쳤다! 그는 뜻밖에 나를 보자 문간에 멈춰 서더니 재빨리 콧등에 걸친 안경을 벗어들고 몹시 화난 표정으로 나를 쳐다보았다. 그러나 나는 그 상황에 적지 않게 놀라서, 한마디 말도 못하고 벌떡 일어나 문밖으로 뛰어나와 작은 정원을 통해 달아났다. 거기서 나는 하마터면 재수 없게 감자 덩굴에 발이 감겨버릴 뻔했다. 보아하니, 그동안 그 늙은 세관원이 문지기의 충고에 따라 꽃 대신

감자를 심어놓았던 것이었다. 그가 문 앞으로 나와서 내 뒤에 대고 욕을 해대는 소리가 아직도 들려왔다. 그러나 나는 이미 높은 정원의 담장 위에 올라앉아 있었고 두근거리는 가슴으로 성채의 정원을 들여다보고 있었다.

그곳에선 수목이 햇빛에 반짝이며 향기를 발하고 있었고 온갖 새들이 환호하며 노래하고 있었다. 정원 안의 빈터와 길들은 텅 비어있었지만, 황금빛으로 물든 나무우듬지들이 나를 환영하기라도 하듯 저녁 바람에 한들대며 내 앞에 고개를 숙였다. 그리고 옆쪽의 심연으로부터는 다뉴브강의 물결이 이따금 나무들 사이로 내 쪽을 향해 반짝이고 있었다.

그때 갑자기 정원 안, 조금 떨어진 곳에서 노랫소리가 들려왔다.

인간의 강한 욕망이여 침묵하라!
대지는 꿈속인 듯
온갖 나무들과 경이롭게 속삭이네,
내 마음도 거의 몰랐던
옛 시절, 잔잔한 슬픔,
가벼운 전율이
번갯불 번쩍이듯
가슴을 스치네

그 목소리와 노래는 내게 매우 기이하게 들렸고, 또 오래 전부터 귀에 익은 것 같았다. 마치 내가 언젠가 꿈속에서 들어 본 것처럼. 나는 오랫동안 곰곰이 생각했다. ─ "저 사람이 바로 귀도 씨다!" 나는 마침내 기쁨에 겨워 소리치며 정원 안으로 재빨리 뛰어내려 갔다. ─ 그것은 그가 그 여름날 저녁, 내가 그를 마지막으로 보았던 이탈리아의 음식점의 발코니에서 불렀던 바로 그 노래였다.

그가 계속해서 노래를 불렀다. 나는 화단과 울타리를 넘어 그 노래가 들려오는 쪽으로 뛰어갔다. 내가 마지막 장미 덩굴 사이로 모습을 드러냈을 때 나는 갑자기 마법에 걸린 것처럼 멈춰 섰다. 백조들이 노니는 연못가, 저녁노을이 아름답게 비치는 녹색 광장에서 그 아름답고 고귀한 여인이 화려한 옷을 입고, 하얗고 빨간 장미로 만든 화관을 검은 머리에 쓰고, 눈을 내리깔고 돌 벤치에 앉아서 노래를 들으며 자신의 승마용 채찍으로 자기 앞의 잔디를 툭툭 두드리고 있는 것이었다. 내가 그녀 앞에서 아름다운 여인에 대한 노래를 불러야 했던 그 당시 조각배 위에서처럼 똑같이. 그녀의 맞은편에는 다른 젊은 숙녀가 앉아있었는데, 그녀는 희고 둥근 목덜미에 탐스러운 갈색 고수머리를 늘어뜨린 채 나를 등지고 기타에 맞춰 노래를 부르고 있었다. 한편 고요한 연못 위의 백조들은 천천히 원을 그리며 헤엄치고 있었다. ─ 그때 아름다운 여인이 갑자기 눈을 들어 올리더니 나를 보자 크게 소리를 질렀다. 다른 여인은 재빨리 내 쪽으로 몸을 돌렸기 때문에 그녀의 머리카락이 얼굴에 흩날렸다. 그녀는 나를 빤히 쳐다보고 거침없이 웃음을 터뜨리더니 벤치에서 벌떡 일어나 세 번 손뼉을 쳤다. 바로 그 순간 초록과 빨간 리본이 달린 새하얀 짧은 원피스를 입은 한 무리의 어린 소녀들이 장미덩굴 사이로 불쑥 쏟아져 나왔다. 나는 그들이 모두 어디에 숨어있었는지 전혀 이해할 수가 없을 정도였다. 소녀들은 긴 꽃장식을 손에 들고 재빨리 나를 둘러싸며 원을 그리더니, 내 주위를 빙빙 돌면서 춤을 추며 노래를 불렀다.

> 보랏빛 비단으로 꾸민
> 신부의 화관을 당신에게 바칩니다.
> 흥겨운 춤으로,
> 신혼의 기쁨으로 당신을 안내합니다.
> 보랏빛 비단으로 장식한
> 예쁜 초록색 신부의 화관.

그 노래는 오페라 〈마탄의 사수〉[27] 중 한 소절이었다. 어린 가수들 중 몇 명은 다시 알아볼 수 있었는데, 그들은 이 마을

---

[27] 베버(Carl Maria von Weber, 1786~1862)의 오페라 〈마탄의 사수Der Freischütz〉 중, 이 소설에서 인용된 신부의 들러리들이 부른 합창은 단번에 대중적 인기를 얻어 당시 유행하는 노래가 되었다.

의 소녀들이었다. 나는 그들의 뺨을 꼬집어 주면서 그들이 만든 원에서 빠져나오고 싶었다. 하지만 그 맹랑한 소녀들은 나를 빠져나가게 놓아주지 않았다. — 이 이야기가 도대체 무엇을 의미하는지 나는 도무지 알 수 없어서, 어안이 벙벙하여 거기에 서 있었다.

그때 갑자기 멋진 사냥복을 입은 한 젊은 남자가 숲속에서 걸어 나왔다. 나는 내 눈을 의심하지 않을 수 없었다. — 그 사람은 바로 그 유쾌한 레온하르트 씨였던 것이다! 어린 소녀들은 이제 원을 풀더니 갑자기 마법에 걸린 듯 모두 한쪽 다리에 의지한 채 부동자세로 서 있었다, 그들은 다른 쪽 다리는 허공으로 뻗으면서 두 팔로 화관들을 머리 위로 높이 들어 올렸다. 그러나 레온하르트 씨는, 여전히 아주 조용히 서 있으면서 가끔씩 내 쪽을 바라보고 있던 아름답고 고귀한 여인의 손을 잡고 내가 있는 곳까지 그녀를 데려오더니 나에게 말했다.

"사랑이란 — 이 점에 대해서는 모든 학자의 견해가 일치합니다 — 인간의 마음에서 가장 담대한 개성 중 하나이지요. 사랑은 불꽃 같은 시선으로 지위와 계층의 장벽을 무너뜨립니다. 사랑을 위해서는 이 세상은 너무나 비좁고 영원은 너무나 짧습니다. 그래요, 사랑은 사실 모든 공상가가 한 번쯤 이상향으로 가기 위해 이 차가운 세상에서 걸치는 시인의 외투와 같은 것입니다. 그리고 사랑하는 두 연인이 서로 멀리 떨어져 여행할 수록 여행길에 부는 바람은 그들 뒤에서 나부끼는 외투를 더욱더 멋진 곡선으로 부풀리지요. 그러면 그럴수록 주름진 옷자락이 더욱더 대담하고 더욱더 놀랍게 펼쳐져 연인들의 뒤편에 더 길게 길게 뻗어나가지요. 그래서 보통사람은 부지중에라도 그렇게 질질 끌리는 옷자락을 조금이라도 밟지 않고서는 그 지역을 지나갈 수 없는 것이라오. 오, 친애하는 세관원이요, 신랑 양반이여! 그대가 이 외투를 입고 티버강[28]의 기슭까지 흘러갔다 할지라도 여기 있는 자네 신부의 작은 손이 그대의 옷자락 맨 끝을 꽉 잡았던 것이오. 그러니 그대가 제아무리 설치며 바이올린을 켜고 소란을 피우고 다녔어도 그대는 신부의 아름다운 눈의 고요한 마력에 이끌려 돌아올 수밖에 없었던 것이오. — 자 그럼, 일이 이렇게 되었으니, 그대들 사랑스럽고, 정말로 사랑스러운 연인들이여! 그 행복의 외투로 서로를 감싸서 그대들을 둘러싼 다른 모든 세계가 소멸하길 바라오. — 한 쌍의 토끼처럼 서로 사랑하고 행복하시길!"

레온하르트 씨가 설교를 채 끝내기도 전에 앞서 노래를 불렀던 다른 젊은 숙녀도 내게 다가와 새로 만든 매화꽃 화관을 재빨리 내 머리에 씌워주었다. 그녀는 내 머리카락 속에 화관을 단단히 꽂으면서 내 앞에 바짝 얼굴을 갖다 대고는 매우 짓궂은 표정으로 노래를 불렀다.

---

28 Tiber: 로마를 끼고 흐르는 중부 이탈리아의 강.

내 마음 그대에게 기울어져,
그대의 머리를 꽃으로 꾸밉니다.
그대의 바이올린 연주가
내 마음을 자주 황홀하게 했기에.

그러고 나서 그녀는 다시 몇 걸음 뒤로 물러났다. —"그 당시 밤중에 당신을 나무에서 흔들어 끌어내린 그 강도들을 아직 기억하고 있나요?", 그녀가 말했다. 그러면서 그녀는 내게 무릎을 구부리며 인사하면서 무척 우아하고 즐거운 표정으로 나를 바라보았기에 나는 진심으로 마음속으로 웃었다. 그런 다음 그녀는 나의 대답을 기다리지도 않고 내 주위를 빙빙 돌았다. "정말이지 아직 하나도 변한 게 없는 옛날 그 사람이군요! 이탈리아의 멋이라곤 하나도 없으니 말이에요! 아이고, 저 불룩한 가방들 좀 보세요!" 그녀는 갑자기 아름답고 고귀한 여인에게 소리쳤다. "바이올린, 빨랫거리, 면도칼, 여행 가방 등, 모든 게 뒤죽박죽이에요!" 그녀는 나를 사방으로 돌려 세우며 살펴보더니 우스워서 어쩔 줄 몰라 했다. 그러는 동안 아름답고 고귀한 여인은 여전히 조용했으며, 수치심과 당혹감에 아예 눈을 뜨고 싶지 않은 것 같았다. 나는 자주 그녀가 수많은 수다와 농담에 대해 은근히 화가 난 것 같다는 생각이 들었다. 마침내 그녀의 눈에서 갑자기 눈물이 쏟아졌고, 다른 여인의 가슴에 얼굴을 묻었다. 이 여인은 처음엔 놀라서 그녀를 쳐다보다가 그녀를 다정하게 꼭 껴안아 주었다.

그러나 나는 완전히 어리둥절한 채 그 자리에 서 있었다. 그 낯선 여인을 더 자세히 보면 볼수록 더욱더 분명하게 나는 그 여자를 알아봤기 때문이다. 그 사람은 정말 다름 아닌 — 젊은 화가 귀도 씨이었던 것이다!

나는 도무지 무슨 말을 해야 할지 몰라서 더 자세히 물어보려던 참이었다. 그때 레온하르트 씨가 그녀에게 다가와 은밀하게 그녀와 이야기를 나누었다. "그렇다면 저 친구는 아직도 모르고 있다는 말인가요?", 나는 그가 묻는 소리를 들었다. 그녀는 머리를 가로저었다. 그는 잠시 생각에 잠기더니 마침내 이렇게 말했다. "아니야, 안 돼요. 저 친구는 빨리 모든 것을 알아야 해요. 그렇지 않으면 새로운 소문과 혼란만 생길 뿐이에요."

"세관원 양반", 그는 이제 내게 몸을 돌리며 말했다. "우린 지금 시간이 그리 많지 않아요. 제발, 가능하면 빨리 이 자리에서 놀랄 건 다 놀라버리도록 하시게. 자네가 나중에 질문하거나, 놀라거나, 머리를 저어 부정하면서 사람들에게 옛날이야기들을 들추어내고 새로운 이야기를 지어내거나 추측들을 쏟아내지 않도록 말이오." — 그는 이런 말들을 하면서 숲속 더 깊은 곳으로 나를 끌고 들어갔다. 그동안 그 아가씨는 아름답고 고귀한 여인이 옆으로 치워놓은 승마용 채찍으로 허공을 휘젓고 있었다. 그러자 그녀의 고수머리가 조그만 얼굴 깊숙이 죄다 흩날렸지만 나는 그 사이로 그녀의 얼굴이 이마까지 빨개진 것을 볼 수 있었다. — "그런데 말이야", 하고 레온하르트 씨가 말했다. "여기서 방금 모든 이야기에 대해 아무것도 듣지 못하고 아무것도 모르는 척하려던 플로라 양이 아주 급속히 어떤 사람과 마음을 나누는 사이가 되었다네. 그런데 또 다른 남자 하나가 나타나서 그녀에게 온갖 수다를 떨고, 나팔을 불고 북을 치면서 그녀에게 자기의 마음을 바치고 그 대가로 그녀의 마음을 얻으려 했다네. 그러나 플로라 양의 마음은 이미 누군가에게 가 있었고 그 누군가의 마음도 그녀에게 가 있었다네. 그 누군가는 자기의 마음을 되돌려 받고 싶지 않았고, 그녀의 마음을 되돌려 주고 싶지도 않았던 거지. 온 세상이 시끌벅적했다네. — 그런데 자넨 아직도 여기에 대해 아무런 이야기를 들어본 적 없단 말인가?" 나는 아니라고 대답했다. "하지만 자네도 그 일에 한몫하긴 했지. 간단히 말하자면, 여러 마음이 몹시 혼란스러운 상태여서 마침내 그 누군가가 — 그건 바로 나였지 — 직접 중재해야만 했던 거네. 나는 어느 후덥지근한 여름밤에 내 말에 올라타고, 화가 귀도로 변장한 플로라 양을 다른 말에 태우고 이탈리아에 있는 나의 한적한 성들 중 한 성에 그녀를 숨겨두기 위해서 남쪽으로 달렸던 거네. 사랑 때문에 생긴 소란이 사그라질 때까지 말일세. 그런데 도중에 사람들이 우리 뒤를 밟은 거야. 자네가 훌륭하게 보초 서다 잠들었던, 그 이탈리아 음식점의 발코니에서 플로라 양이 갑자기 우리를 추적한 자들을 보게 된 거라네." — "그러니까 그 곱사등이가요?" "그가 바로 스파이였네. 그래서 우리는 몰래 숲속으로 들어가서 예약해 놓은 우편마차에 자네를 태워 혼자 떠나게 한 것이었네. 그렇게 해서 우리의 추적자들을 속였고, 게다가 그것이 지나쳐서 성에 있는 나의 하인들까지도 속이게 된 셈이야. 하인들은 변장한 플로라 양을 시시때때로 기다리면서, 똑똑해서라기보다는 하인으로서의 충성심이 더 강한 나머지 자네를 플로라 양이라 여겼던 것일세. 이곳 성에서 사는 사람들조차 플로라 양이 이탈리아의 산성에서 살고 있다고 믿고 수소문하거나 그녀에게 편지를 쓰기도 했다네. — 자네 혹시 짤막한 편지 한 장 받은 적 없나?" — 이 말을 듣고 나는 재빨리 주머니에서 그 쪽지를 꺼냈다. — 그럼 이 편지 말입니까?" "그건 저에게 보낸 것이지요." 지금까지 우리의 이야기에 전혀 주의를 기울이지 않은 것 같았던 플로라 양이 말했다. 그녀는 내 손에서 재빨리 쪽지를 빼앗아 대충 읽어보더니 품속에 집어 넣었다. — "자, 이제", 레온하르트 씨가 말했다. "우리 빨리 성으로 가야 해요. 이미 그곳에선 모두 우리를 기다리고 있어요. 그러니까 결말에는, 이야기가 저절로 이해되고 잘 엮어진 한 편의 소설에 응당 그래야 걸맞은 것처럼, 발견과 후회와 화해로 이어져 우리 모두 다시 즐겁게 함께 모이게 된 것일세. 그리고 모레는 결혼식이 있다네!"

그가 아직도 그렇게 이야기하고 있는데 갑자기 숲속에서 북, 나팔, 호른, 트롬본 소리가 어우러진 엄청난 연주가 시작되었다. 사이사이에 축포가 터졌고 만세 소리가 울려 퍼졌으며, 어린 소녀들은 다시 춤을 추었고, 모든 수풀로부터, 마치 땅에서 솟아나듯 사람들의 머리가 하나 둘 연달아 나타났다. 나는 어수선하고 혼란스러운 와중에 이리저리 껑충껑충 뛰어다녔다. 이미 날이 어두워졌기 때문에 시간이 흐른 후에야 비로소 나는 차츰 그 낯익은 얼굴들을 모두 다시 알아볼 수 있었다. 늙은 정원사는 팀파니를 치고 있었고, 프라하 대학생들은 외투를 입은 채 그 한가운데서 연주하고 있었으며, 그들 곁에서는 문지기가 미친 듯이 파곳을 연주하고 있었다. 나는 뜻밖에 문지기를 보자 즉시 그에게 달려가 격렬하게 그를 껴안았다. 그러자 그는 무척 당황해하는 표정이었다. 그는 대학생들을 향해 소리쳤다. "정말이지 이 사람 세상 끝까지 여행하고 다녔어도 여전히 바보로구먼!" 그러더니 아주 열광적으로 계속해서 파곳을 연주했다.

  그러는 동안 그 아름답고 고귀한 여인은 소란스러운 상황을 피해, 마치 한 마리 놀란 노루처럼 잔디밭을 지나 정원 깊숙한 곳으로 몰래 달아났다. 나는 제때에 그 모습을 보고 급히 그녀의 뒤를 따라갔다. 연주자들은 연주에 열중한 나머지 그것을 전혀 눈치채지 못했다. 나중에 그들은 우리가 이미 성을 향해 출발했을 거로 생각하고, 악단은 모두 떠들썩하게 음악을 연주하면서 똑같이 그곳으로 행진하기 시작했다.

그러나 우리는 거의 같은 시각에, 정원의 비탈길에 위치하는, 열린 창문이 멀고도 깊은 계곡을 향하고 있는 어느 한 여름 별장에 도착했다. 해는 이미 오래전에 산 뒤로 떨어졌고, 따뜻한 기운이 감도는, 고요해지는 저녁 하늘 위에 오직 불그스레한 노을 같은 것이 아직 희미하게 빛나고 있었다. 그날 저녁 다뉴브 강물의 찰랑거리는 소리는 주위가 고요해질수록 점점 더 잘 들렸다. 나는 꼼짝하지 않고 아름다운 백작 부인을 바라보았다. 그녀는 달려오느라 온통 상기된 채 바로 내 앞에 서 있어서 나는 그녀의 심장이 쿵쿵 뛰는 소리를 잘 들을 수 있었다. 그러나 나는 갑자기 그녀와 그렇게 단둘이 있게 되자 경외심에서 무슨 말을 해야 할지 몰랐다. 마침내 나는 마음을 다잡고 그녀의 작고 하얀 손을 잡았다. — 그러자 그녀는 재빨리 나를 자기 쪽으로 끌어당기더니 내 목에 매달려서, 나는 두 팔로 그녀를 꼭 안아주었다.

그러나 그녀는 재빨리 몸을 다시 빼내더니 무척 당황해하며 달아오르는 뺨을 저녁 공기에 식히려고 창가에 기댔다. — 나는 소리쳤다. "아, 내 가슴은 정말 터질 것 같아요. 그러나 나는 이 모든 것을 정말 상상도 할 수 없어요. 내겐 모든 것이 아직도 꿈만 같아요!" — "저도 그래요.", 아름답고 고귀한 여인이 말했다. 그리고 잠시 후에 그녀는 말을 이어갔다. "제가 지난여름 백작 부인과 함께 다행히도 플로라 양을 찾아서 로마에서 데리고 왔을 때, 그리고 거기서나 여기서나 당신에 관해서는 아무 소식도 듣지 못했을 때만 해도, 저는 모든 일이 이렇게 전개될 것이라고 생각하지 못했어요! 오늘 낮에 비로소 착하고 날쌘 청년 기수가 숨을 헐떡이며 성으로 뛰어 들어오더니, 당신이 우편선을 타고 온다는 소식을 가져온 거예요."

— 그러더니 그녀는 혼자 조용히 미소를 지었다. 그리고 말했다. "아직 기억하고 계세요? 발코니에서 저를 마지막으로 보았던 그때를. 그날도 오늘처럼 무척 조용한 저녁이었고 정원에서는 음악이 흘렀고요." — "도대체 누가 돌아가셨나요?" 나는 급히 물었다. — "누가 죽다니요?" 아름다운 여인은 그렇게 말하더니 놀란 표정으로 나를 쳐다보았다. — "당신의 남편분 말이에요", 내가 대답했다. "그 당시 발코니에 함께 서 계셨던." — 그녀의 얼굴이 온통 빨개졌다. "무슨 이상한 생각을 하셨네요!" 그녀가 큰 소리로 말했다. "그분은 막 여행에서 돌아온 백작 부인의 아드님이었어요. 그런데 그날이 마침 제 생일이기도 해서 그가 저를 발코니로 데리고 갔던 거예요. 나도 축하 인사를 받도록 해주려고요. — 그래서 그것 때문에 당신은 그때 이곳을 떠나셨던 거군요?" — "아, 맙소사, 그랬답니다!" 나는 큰 소리로 말하면서 손으로 이마를 쳤다. 그러자 그녀는 머리를 흔들면서 매우 크게 웃었다.

그녀가 그렇게 즐겁고 친밀하게 내 곁에서 이야기했기에 나는 기분이 좋아서 밤새도록 그녀의 이야기를 듣고 싶을 정도였다. 나는 참으로 흡족한 기분이었으며 이탈리아에서 가져온 편도(扁桃) 한 움큼을 주머니에서 꺼냈다. 그녀도 그중 몇 개를 집어 들었다. 우리는 그것을 깨트려 먹으면서 만족해하며 고요한 주위를 내다 보았다. ─ "저기 보이지요?", 그녀는 잠시 후에 다시 말했다. "저 건너 달빛에 빛나는 하얀 작은 성 말이에요. 저 성을 백작님께서 우리에게 선물해 주셨어요. 정원과 포도원과 함께요. 우리는 거기서 살게 될 거예요. 백작님은 우리가 서로 좋아한다는 것을 이미 오래전에 알고 계셨어요. 당신에게도 무척 호감을 지니고 계셨고요. 실은 백작님이 플로라 아가씨를 기숙학교에서 빼내 올 때 당신이 함께 있지 않았더라면 그들은 백작 부인과 화해하기도 전에 둘 다 잡혔을 거예요. 그리고 모든 게 달라졌을 거예요." ─ "오, 맙소사, 지극히 아름답고 고귀한 백작 부인", 하고 나는 외쳤다. "온갖 뜻밖의 새로운 소식들 때문에 정신을 못 차리겠네요. 그렇다면 그분이 그 레온하르트 씨란 말인가요?" ─ "그래요." 그녀가 내 말을 가로챘다. "그분은 이탈리아에서 그 이름으로 행세했어요. 저 건너편의 영지가 그분의 소유예요. 이제 그분은 우리 백작 부인의 따님인 아름다운 플로라 아가씨와 결혼할 거예요. ─ 그런데 당신은 도대체 왜 저를 백작 부인이라고 부르는 거지요?" ─ 나는 눈을 크게 뜨고 그녀를 쳐다보았다. ─ "저는 절대 백작 부인이 아니에요." 그녀는 계속해서 말했다. "성의 문지기인 저의 숙부님께서 어리고 불쌍한 고아인 저를 이곳으로 데려오셨을 때, 우리 고귀한 백작 부인께서 당신의 성으로 저를 받아들이시어 함께 살도록 해주신 거랍니다."

그 말을 듣자 나는 마치 커다란 근심이 사라진 것처럼 느꼈다! 나는 너무나 기뻐서 말했다. "문지기에게 신의 축복이 있기를! 그분이 우리의 숙부님이 되다니! 저는 항상 그분을 대단한 분이라고 여겼지요." ― "숙부님도 당신을 좋게 생각했어요.", 그녀가 대꾸했다. "숙부님은 늘 이렇게 말씀하셨지요. 저 친구가 조금만 더 품위 있게 처신하면 좋을 텐데…… 그러니 이제는 옷도 좀 우아하게 입어야 할 거예요." ― "오", 나는 기쁨에 넘쳐 외쳤다. "영국식 연미복, 밀짚모자와 헐렁한 통바지와 승마용 구두 말이죠! 결혼식이 끝나면 곧장 이탈리아로 여행 갑시다. 로마로요. 그곳엔 아름다운 분수들이 있어요. 그리고 프라하 대학생들도 데리고 가고 문지기 숙부님도 함께 모시고 가는 거예요!" ― 그녀는 조용히 미소 지으며 참으로 즐겁고 다정한 눈빛으로 나를 바라보았다. 멀리서 여전히 음악 소리가 들려왔고, 고요한 밤하늘을 뚫고 성으로부터 불꽃이 정원 위로 솟아올랐으며, 간간이 다뉴브강의 물소리가 성 위로 들려왔다. ― 그리고 만사가 다 잘 되었다!

옮긴이의 말

　18세기 말에서 19세기 전반에 걸쳐 독일을 비롯하여 유럽 전역에서 전개된 문예사조 낭만주의는 자유분방한 개성을 중시하고 현실보다는 이상적인 세계를 동경하는 경향을 나타낸다. 이성보다는 정서를 신뢰하고 주관적 감정과 사고를 중시하고 영혼의 내적 추구에 집착하면서 초월적 세계를 동경하며 현실적 이념이나 도덕에 대한 저항과 위선을 증오한다. 낭만주의의 특징은 무엇보다도 개인 중심적이라는 점을 들 수 있다. 특수한 개인적 사실에 역점을 두며 개인의 감정, 열정, 이상을 중시하고, 고정된 사회이념이나 규범화된 도덕률에 저항하면서 초현실적 세계를 동경한다. 이러한 특징들은 소설《낭만 건달》에서도 드러나 있다.
　아이헨도르프가 1817년에 쓰기 시작하고 1821년에 완성하여 1826년에 출간한 소설《낭만 건달》은 음악적 산문의 절정이며 동시에 후기낭만주의의 전형으로 손꼽힌다. 자연과 소박한 삶에 대한 아이헨도르프의 목가적 전원 묘사는 실용

주의적 사고와 대비된다. 주인공 '낭만 건달'은 통상적 시민사회의 직업 활동에서 벗어나 아무 걱정 없이 명랑하게 방랑 생활을 통해 자신의 행복을 찾는다. 물레방앗간 집의 게으른 아들 '낭만 건달'의 여행에 대한 욕구는 외적으로는 넓은 세상에 내보내 뭔가를 이루게 하려는 아버지의 의도와 넓은 세상에 나가 행복을 찾으려는 아들의 내적 동기에서 비롯된다. 아버지가, 아들이 게을러서 방앗간에서 필요 없는 존재라는 이유로 쓸모없는 자, '건달'이라 부르게 되면서 이것이 그의 이름이 되어 독자는 다른 이름을 알지 못한다. 그는 고향집을 떠나 한곳에 머무르지 않고 쉼 없는 여행을 통해 소시민적 현실에서 도피한다. 동전 몇 푼과 바이올린 하나를 들고 무작정 방랑의 길을 떠난 주인공은 우연히 두 귀부인을 만나 그들이 살고 있는 성의 정원사의 조수가 되고 나중엔 세관원으로 출세까지 한다. 그러나 그가 사모하는 두 여인 중 한 여인이 유부녀라고 속단한 그는 달콤하고도 가슴 아픈 다양한 경험을 하면서 다시 방랑을 계속한다. '낭만 건달'은 우여곡절 끝에 그가 애초에 사모하던 그 '아름답고 고귀한 여인'을 운 좋게 다시 만나게 되고 만사가 잘 되어 행복한 사랑의 결실을 맺는다,

    이 작품의 등장인물들은 두 그룹으로 나뉜다. 첫 번째 그룹은 낙관적으로 용기 있게 미래지향적으로 삶을 바라보며 여행과 모험을 즐기고 개성과 자유를 갈망하며, 현실을 중시하는 시민사회와 거리를 두는 사람들이다. 주인공 '낭만 건달'과

기타 치는 아름다운 여인, 화가로 변장하여 도망치는 한 쌍의 연인, 저마다 악기를 들고 연주하면서 여행을 다니는 신학생들이 이 그룹에 속한다. 이에 대비되는 그룹은 게으른 사람에게 도덕적 설교를 하며 단조롭고 옹졸한 소시민적 삶을 영위하는 사람들인데, '낭만 건달'의 아버지, 정원사, 문지기, 농부들이 여기에 속한다.

그럼에도 불구하고 주관성과 현실의 차이를 완화하려는 작가의 노력이 엿보인다. 그 점은 소박하고 명랑한 주인공의 이면에는 종종 고향을 그리워하는 모습이 드러나는 데서 알 수 있다. 작가는 전형적 낭만적 성향의 '건달'을 한 장소에 머무르게 하지 않고, 집에 있을 땐 먼 곳을 동경하고, 집을 떠나 있을 땐 향수를 느끼게 한다, 여기서 자연은 주인공의 영적 생각을 반영하고 있는데, 숲들의 신비스러운 속삭임, 새들의 지저귐, 밤의 정적이 주도 모티프로 계속 언급되면서 그를 고독한 여행에 동반한다. 아울러 일인칭 관점의 서술적 화자의 주관적 묘사는 독자가 자신과 연결되어 있음을 확인하게 한다.

그러나 이 작품을 지난 시절을 얘기하는, 편하게 읽히는 단순한 오락용 독서거리로 생각하는 것은 무리다. 오늘의 시대와 청춘에게 멀어지고 있는 것 같은 낭만적 정서에 희미한 희망의 빛을 보이며 본질에 있어 깊이 있고 고루하지 않기 때문이다. 무엇보다 작품 속 노래들은 단순히 삽입된 것이 아니라 사실상의 핵심이며 영혼이다. 시에 먼 곳에 대한 동경과 향수가 들어 있고, '건달'이 방랑 과정에서 겪는 심정, 고통과 갈등이 그때마다 노래에 표현되어 있기에, 《낭만 건달》은 산문이면서도 변장한 서정시라고 볼 수 있다.

'건달'이 찾는 자유는 시민 질서만을 통해서는 주어지지 않으며, 그가 꿈꾸는 행복은 외적 형태의 물질적 행복이나 사회적 신분 상승에 있지 않다. 이것은 결말의 핵심인 '아름답고 고귀한 여인'이, '건달' 자신이 그렇듯, 보통 시민의 자식으로 드러난다는 데서 알 수 있다. '건달'은 외적으로는 평화롭고 자유롭지만, 결국 답답하고 가슴 짓누르는 소시민적 세계로 들어가게 된다. 작가에게 시민과 방랑자는 서로 가까운 사이다. 이 방랑은 결국 영원을 향한 세속적 순례에 대한 비유가 된다. 현실을 동화로 변신시키기에 충분히 낭만적이고, 그럼에도 우리를 현실 생활에 고착시키기에 충분히 현실에 가깝다. 여기서 현실의 삶은 먼 세상과 오스트리아 음악의 선율을 포괄하며, 오스트리아와 이탈리아가 멀리 떨어져 있는 세상을 향한 동경의 나라들로 등장한다.

1970년 독일 유학 시절에 처음 읽었던 이 작품을 50여 년이 지나 다시 읽으니 감회가 새롭고 그때보다 더 재미있게 다가왔다. 가장 큰 고민은 제목을 번역하는 일이었다. 원제 'Aus dem Leben eines Taugenichts'에서 가능하면 원문의 전치사 aus를 살리고 싶었기 때문이다. 원제 'Aus dem Leben eines Taugenichts'는 '어느 쓸모없는 자의 삶에서'라고 번역할 수 있겠다.

   그다지 만족스럽진 않지만, 고민에 고민을 거듭하여 결국 원제를 과감하게 줄여서 제목을 '낭만 건달'로 결정하였다. 원전으로는 Joseph von Eichendorff: *Aus dem Leben eines Taugenichts*, Reclam Stuttgart 1970을 사용했다. 최대한 원문에 충실하려고 애썼다. 유려하진 못해도 최소한 오역이 발견되지 않는 번역으로 남길 기원할 뿐이다.

   어려운 시기에 선뜻 출판을 맡아 주신 부북스 신현부 대표님께 감사드린다.

2025 봄
오청자